続・詩人のポケット

——すこし私的な詩人論

小笠原 眞

ふらんす堂

目次

続・詩人のポケット

すこし私的な詩人論

危ない綱渡りに挑み続ける中島悦子の世界

Ｈ氏賞は詩壇の芥川賞とも呼ばれているが、昭和二十五年に創設され、これまで実に多くの素晴らしい詩集を世に送り出してきた。歴代の受賞詩集のなかで、ぼくにとって最も破天荒で斬新な詩集は、何と言っても鈴木志郎康の『罐製同棲又は陥穽への逃走』であった。しかし最近、この詩集に匹敵する驚愕の受賞詩集に出会ったのである。それが中島悦子の『マッチ売りの偽書』である。この詩集を初めて手にし、読んだ時のあの魂の高揚はぼくにとっていまだに一つの事件として、深く心に刻み込まれている。一種の感動には違いないのだが、未知の領域に接したというか、得体のしれないものをいきなり手渡された感覚が少なからず残っているのである。そしてこの感覚は、決して嫌悪感を伴わない、言ってみれば心地よい違和感といったようなものであった。

人は新奇な作品にであったとき、往々にして戸惑うものである。あるいは無視するかのどちらかである。ところが中島悦子のあの破天荒な詩には無視できない何かが明らかに存在していたのだ。それが何なのか、この拙文でちょっと考えてみたい。

中島悦子は、昭和三十六年福井市に生れている。高校三年の時から詩を書き、学研「高３コース」の文芸欄に詩を投稿し、選者である稲川方人に、その類稀な抒情の静謐さを注目される。昭和五十九年新潟大学教育学部卒業。大学では萩原朔太郎の『青猫』を卒業論文のテーマとした。詩誌「木立ち」の同人となり、故広部英一に師事。昭和六十三年には横浜に転居。横浜国立大学大学院教育学研究科言語文化系教育専攻修了。平成二年、第一詩集『Orange』（土曜美術社）上梓。平成九年、第二詩集『バンコ・マラガ』（紫陽社）上梓。平成二十年、第三詩集『マッチ売りの偽書』（思潮社）で第七回北陸現代詩人賞並びに第五十九回H氏賞を受賞している。平成二十六年、第四詩集『藁の服』（思潮社）で第四十八回小熊秀雄賞を受賞。令和元年、第五詩集『暗号という』（思潮社）上梓。詩誌「木立ち」、「Down Beat」、「四囲」などの同人である。

第一詩集『Orange』（平成二年）は、土曜美術社の「叢書新世代の詩人たち」という新企画で発刊された詩集である。これは日本全国の新世代の詩人を掘り起こす目的で行われたシリーズもので、全二十七巻の四巻目であった。それでは、タイトル詩の「Orange」から読んでみよう。

Orange

話題は

浪漫主義と探偵小説
ゴーギャンのタヒチの生活について少々
あなたは案外あっさりと
「闇夜に閉じこめられた熱帯の鳥の話を信じるよ」
と言った

爪の形を整えながら
とほうもない逢瀬の約束を反芻していた
時間を逆行できないのと同じように
私達の血のめぐりを逆にすることもできない
そんな鳥いるかしら
うめつくされた闇は深いというのに

返事を考えて目を閉じた
いいえ、もっと前向きなことを言わなくては
「遊び着は何にしよう」
新車に乗るんだもの

あなたと探偵しに行くんだもの
いつもの透明なマニキュアじゃだめ
約束の日は
燃えるようなオレンジ
濃くしたたるような
海をあたたかく激情させるような
ああ、オレンジ
真夜中の空を
かけあがるオレンジ

その夜は
私の爪がぜんぶ
鳥の嘴になった夢を見ました

中島はあとがきで、「私にとってOrange色は、明るく鮮やかでありながら、どこか危機感のある太古の生命を宿したような象徴的な色です。」と述べているが、この色は氏のイメージカラーであるとともに、激しく燃え上がる生命感溢れる中島詩そのものと言ってもよい。氏は大学生の頃、海辺のミニハウスみたいなところに友人とシェアして住んでいたとあるが、裏の松林を抜けたところが海岸で、海に沈む夕陽を数え切れないほど何度も見たのではなかろうか。ぼくも数度だけは見たことがあるのだが、日本海に沈む夕陽は劇的で荘厳であった。視界全部がオレンジ色に光り輝く瞬間があるのだ。オレンジは血の色でもある。しかも酸素を豊富に含んだ動脈血の色彩だ。母なる海と空一面が、聖なる血の色に染まる光景は、自然界が人間に与える畏怖と歓喜、あるいは天啓と言っても過言ではない。氏がこのオレンジ色を自身の詩集の装幀に使用することはごく自然なことであったのだ。

白地にオレンジ色の文字。この詩集に登場する「爪」、「歯」、「骨」などの白い固体を示す言葉には死のイメージがある。それに対して液体である「血」のオレンジ色は生の象徴と言ってもよい。つまりこの詩集には生と死の葛藤がある。生きてあることの切実なおののきを両者の臨界点で見事に表出している。そして、このオレンジ色に対する拘りは、続く第二詩集にも受け継がれてゆくことになる。

さて次に、第三詩集をちょっとだけ暗示させる作品を紹介してみよう。

葉鶏頭

飛べません

この色が重すぎるせいでなく
びろうどのねつが籠るせいでなく
首切りが恐ろしいから
首だけ飛んでいきそうで
じっとからだをこわばらせています

むき出しの美しいとさか

線路の脇にえんえんと並べられて
冷たい電車の通る夜には
密かにけものの呼吸をしています

なぜ青そこひを煩った老女が

わたくしをえらんだのか
何日も腰を折って世話し続けたのか
ひんやりとたおれそうになる
無言の闇は
老女の夢のしじまへとつながって

光るのです
老女の血管が動くたび
その髪のぬれるたび
静かにそそり立つ
暗紅色の首の行列

咲いたのです
首
切られるより先に
血
はりつめて

葉鶏頭になった私が、「飛べません」と叫んでいる。「首だけ飛んでいきそう」な「首切りが恐ろしいから」「血」を「はりつめて」「じっとからだをこわばらせてい」るのである。ここに展開された緊張感は尋常ではない。生と死の狭間で、声を張りつめ絶叫する作者の叫びに戦慄する。広部英一が跋で指摘したように、中島悦子の言葉には独特の感情、生理が質感として備わっており、不思議なアトモスフェアを醸し出している。さらに彼女の詩のテーマである自己疎外は自虐的であると述べており、彼女の詩の特性の一つとして挙げている。詩の構造としては、一行と数行によるスタンザから構成されており、後にこのスタンザの塊は散文の断片と化し、彼女の独特の詩形となってゆくのであるが、その萌芽とみても差し支えないのではないか。いずれにしても、中島悦子のもう後戻りのできない、危うい綱渡りが今始まったのである。

第二詩集『バンコ・マラガ』は七年後の平成九年の発刊である。出版社が紫陽社なのは、発行者の荒川洋治が同県出身という繋がりからであろうか。装幀は白にオレンジ色の詩集名。清い佇まいである。この詩集において、中島詩のシュールな色合いは益々磨き上げられ、二つのかけ離れた現実の間に生み出されるポエジーはさらに進化した。「カーブ」という詩を読んでみよう。

カーブ

紺色のタクシーが走っていった

毎日の通勤路にある
危険なカーブの道
いつかここで死ぬことも
まあ　ありうる

ある日
紺色のスーツが無意味に似合う私が
いつものカーブで
紺色のタクシーに跳ね飛ばされると
バッグの中から紺色の口紅が飛び出し
胃の中に残っている
昨夜の遅い夕食が一部吐き出され
それが紺色のさんまの頭だったりするのは

色彩としては
相当地味なのではないだろうか

私は倒れ
救急車が来るまでの間
タクシーの運転手は
紺色の制服の
擦り切れた袖口を気にしながら
待っている

引き締まった寒い朝だ

一色だろうと思う
ことりと呼吸が止まった後の
いろどりは
何色もないのが普通だろう
ふつうならば

「まあ　ありうる」という突然の不遜な口語体の出現。どこかユーモアの漂う不条理の世界。色彩は何故か紺色に統一され、死後の色まで支配してしまう。常軌を逸した物語であるのだが、極めてリアルに感じられてしまう。タイトル詩の「バンコ・マラガ」は、さらに不思議なほど超リアルだ。

バンコ・マラガ

マラガの銀行では
ピカソも列についていた
日差しのふりそそぐ
あたたかい銀行で
あいさつしたかったけれど
そっとしておいてあげた
並んでいる人も黙っていたから

ずっと並んでいるのに
なかなかお金をおろせない

マラガの銀行はすいている
風通しはすこぶるいい
混んでいるのはこの窓口だけなのだ
隣の窓口で用事を済ませた人は
大きな花柄のシャツをなびかせながら
軽やかに出ていく

いいなあ
並んだ人たちは
いっせいに見るけれど
すぐにいいさと思える
ここはマラガだ
ピカソも並んでいる

窓口の仕事は
外の青い青い海のように
ゆっくりすすむ

マラガは実在の都市で、スペインの南部、アンダルシア州、マラガ県の県都である。地中海に面したリゾート地で、ピカソの出身地としても有名である。バンコはスペイン語で銀行の意であるから、タイトルはさしずめ「マラガ銀行」となる。ゆっくりとした時の流れに身をゆだね、まあいいさ、ピカソも並んでいるんだからと、納得してしまうこのリアリティ。風通しの良いロビーから悠久の青い青い海が見える。これは明らかに、ぼくにとっては新しい光景なのである。斬新なリアリティ溢れる心象風景なのである。

第三詩集『マッチ売りの偽書』が上梓されたのは、何と十一年後の平成二十年になる。H氏賞の受賞スピーチでも述べられているように、この詩集はかなりの難産の末に生まれたのであった。「社会混迷の時代、ポストモダン以降の現代詩がどうあらねばならないのか、頭の隅でいつも悩んでいました」とあるように、中島悦子の眼差しは常に時代の先端に向けられていたのである。そして悩みぬいた末に、いったん自分の詩をゼロにすることを決意するのである。つまり自分の詩作品を、粉々に断章にし、かろうじて残った断片を並べていったのである。これらの断片に、「これまでの歴史の様々な事実、文学、哲学、戦争をめぐる他者の無限の言葉」を引用としてぶつけることで、生のありようを照らし出そうとしたのである。そしてこの混合の形が、この詩集を特徴づける新たな文体の誕生となっていったのである。しかし本人が危惧したように、この行為は極めて危険な作業でもあった。なぜならば一歩間違えば、意味不明、理解不能と紙一重だったからである。

さて、それではこの詩集について、具体的に述べてみよう。装幀は稲川方人によるものだが、白地にタイトルと名前、マッチが二本、幅広の帯にオレンジ色の文字。シンプルではあるが強烈なインパクトを持つ。目次を広げれば、「序」と「終」の間に、Ⅰ章七篇、Ⅱ章六篇、Ⅲ章六篇の詩篇が並ぶ。まずはこの詩集の鍵となる「序」を読んでみよう。

　ふつう見られる言葉は、空気中で可燃物質がおこなう酸化反応、つまり燃焼によるものである。言葉の熱はこの反応によって生ずる反応熱で、詩はその熱によって高温になったためにおこる温度放射、あるいは励起した原子や分子による発光がおこなわれた結果である。

その日も哲学者ヘラオは、マッチを売っていた

俺は、もともとは高貴な生まれで、すぐれた精神活動を行っているのであり
マッチを売って生計を立てているわけじゃない
んなことあるもんか

その日も哲学者ヘラオは、マッチを売っていた

大多数のものは悪党で、すぐれたものは少数
俺が、理解されることはない
子どもとサイコロ遊びをしていて何が悪い
選挙カーで民衆の皆様にお願いしてどうする
悪党の演説を聞いて、悪党と一緒にみんな滅びるのが世の習い
運命とはさだめ
サイコロひとつにもある

その日も哲学者ヘラオは、マッチを売っていた

俺は、水腫を患い難儀した
しかし、しかし、医者も信用ならん
医者ほど信用できないものはないのだ
何をされるか分かったものではないのだだだ
俺は自分で自分を治してみせる　自分で自分を治してみせる

その後、ヘラオはマッチ売りに立てなくなり死んだ
人々は、ヘラオの泣いているような顔を時々想い出した
ヘラオのマッチの火については意味を理解しなかった
ヘラオは、あろうことか昼間にマッチを売っていたのだった
時々、マッチの火を見せながら、万物の根源について語っていた
ヘラオのマッチの火については、あまりに難解だったから
竈の火をつけることができなかったのだ
ヘラオの火は特別だから

言葉を発生させることを発火といい、詩は反応速度をなんらかの方法で速めて強い発熱現象をひきおこさせることである。ひとたび発火すると、発生した熱によって反応がつぎつぎに促進され、なんらかの方法で反応が中断されないかぎり、反応する言葉が消費されるまで詩は燃え続けている。

（後略）

紙面の都合で引用を途中で省略してしまったが、この詩集の本当の魅力を引き出すには極端な話、この詩集そのものを全部転載してしまわなければ決して成し得ないであろう。それほど凝った造りになっているのである。詩中の人物ヘラオの言葉によれば、「ふつう見られる言葉は、空気中で可燃物質がおこなう酸化反応」であり、「詩はその熱によって高温になったためにおこる温度放射、あるいは励起した原子や分子による発光がおこなわれた結果」だという。H氏賞の選評で、河津聖恵はヘラオなる人物は、語源的には「『万物は流転する』という言葉で有名な、厭世家と云われたギリシャの哲学者ヘラクレイトスの、中島悦子ならではの異名」であり、あるいは「心を隠しヘラヘラ笑いながら浅はかなこの世を憎み苦しむ男の子」であると述べており、さらには「万物の根源を火であるとした哲学者と、無理解なこの世の寒さを凌ぐためにマッチを擦り、切ない幻想を明るませて死んだ『マッチ売りの少女』をかけて生まれた独創的な主人公である」とし、そこに、「瀕死の言語を燃やし詩を発生させようと、幻のマッチを無限に折りつづける詩人自身の孤独で普遍的な姿」を重ねあわせている。さらに河津は「現代詩手帖」(二〇〇八・十二)の書評で、この詩集には滅びの美学があることを指摘しており、中島のシニシズムにはいつもかすかな血が混じると述べ、夥しい死者たちの「死後」のために、この詩集の言葉の業火は燃えていると賞賛している。

先にも述べたように、この詩集には実に多くの引用文が挿入されている。しかも、その引用の仕方は、一般には先行する詩人の詩句を引用し、自分の詩句と相響かせるのが普通であるのに対し、彼女の場合はむしろズレてゆくために、異次元に誘い混沌の中から真実の声を掬い取るための方法論として用いられているように思われる。引用される言葉も実に様々である。例えば、太宰治の『津軽』、古典落語『五人廻し』、東京大空襲の手記、明治時代の小学読本、新聞記事から、『日本百科大事典』の文章までと、あきれるほどその範囲は広い。引用の部分については、大変苦労したと後に回想しているのだが、詩の中へのぶつけ方については、その内容はもちろんのこと、リズム、流れ、呼吸といったものに注意を払うことになり、特に自分が試されているような辛さを味わったとまで述べている。

さて、最後に詩形の新しさについて掘り下げてみようと思うが、この「ひと綴りの散文を、一行あけで繋げていく、非連続の連続といった形式面の新しさ」（井坂洋子）は、スタンザの塊とは違った、不思議な「グラデーション＝移行世界」（阿部嘉昭）を構築している。しかも「次から次へマッチを擦るような、断片的イメージ、唐突な命令形、断言、文脈を切って捨てるような展開の仕方は、テクニックとスピードを感じさせる」（河津聖恵）。また廿楽順治は「断章同士が繋がっているような、繋がっていないようなその不思議な飛躍の多い詩行は考えてみれば、『日常』のありさまそのものという気もする。」と述べており、さらに「文脈の混交の間隙から不意に出現するばかばかしさは、散文ではなかなか味わえない。」「これらの詩のばかばかしさには、根底にどこか死が潜んでいて、それが中島の詩のおかしさを複雑なものにしている。」と分析している。

確かに中島悦子の詩には、引用もそうなのだが、多くの死者の声が複雑に響き合っているのが特徴である。氏は「文学の本質は、したたかに人間の生活に切り結ぶところにある」と述べ、幸福や美、慰めだけではなく、恐怖や厭な感じ、悲しみなどの「多面的な部分」をつきつけ、その深みが人生の陰影を教えてくれるのではないかと説いている。

第四詩集『藁の服』が上梓されたのは、前詩集から六年後の平成二十六年になるが、H氏賞受賞後初の詩集ということで、どのような展開となるのか周囲の期待は想像以上のものがあったのではなかろうか。折しも平成二十三年、あの東日本大震災が発生したのである。あの福島第一原子力発電所の事故が発生したのである。震災後、世界は一変したと言える。目に見えない放射線という「毒」が気の遠くなるほどの未来に向けて放出され始めたのである。中島悦子の今回の挑戦はこの「毒」に一詩人として立ち向かうことではなかったのだろうか。

タイトルの「藁の服」とは「蓑」のことであろうか、雨は多少凌げるかもしれないが、放射線は素通しなのである。まさに放射線防護服を着ないで高濃度の放射線に被曝することなのである。装幀には氏のイメージカラーであるオレンジ色が使われているが、どちらかというと藁の色に近いくすんだ色である。そして放射能で脱毛したような細い線があたかも放射線のように描かれている。目次を見てみると、「柩をめぐる」、「黒をめぐる」、「屋根をめぐる」という具合に「……をめぐる」という題の詩が二十四篇並んでいる。その中から放射能の怖さを端的に表現した「木の家をめぐる」という詩篇を読んでみよう。

木の家をめぐる

毒の光は、木の家を通過してしまうから、次は煉瓦の家を建てようかな。それって、三匹の子ブタの童話だね、童話だね、童話だね、童話やね、ってつぶやいたらなんだか悲しくなって、さらに、童話だね、って自分の故郷の方言で言ったらみんなメルヘンのようになつかしく思えた。つまり、気が遠くなったのさ。

毒の光は、痛くないし目に見えない。今まで木の家って、藁の家よりいいと思っていたけれど、その二つは同じで、煉瓦の家しか安全じゃないなんてさ。木の家の本当の中身は、朝食も昼食も夕食もいつもオープンテラスで、風呂は露天風呂で、寝床は外。家の中でも外。

最近は、子どもが反抗的で困る。「省」の下は、「日」でなくて、「目」でしょう。なんべんいえばいいの。「えっ、そう書いてるよ」。(その「えっ」がむかつく)。書いてないでしょう。「少」は、呪力のある目であたりを見回すこと！「えっ、だって、どこが」。どうして神経がずさんなの。古代から邪霊を祓う目の区別もつかず、心の目も働かない、細かいところをおろそかにした漢字の覚え方をしてっ。ただ、この漢字が書けたところで、世界的にどうということはないのに、私もむきになるわ、なるわ。

どうせ私らは、木の家グループですから。社会学的なカテゴリーからいえば。「えっ、そんなカテゴリー、学問にはないですよ」。いや、これからできるんですよ。『私達は、木の家に住んでいたかもしれないが、幸せだった』っていうような階級が。西洋の童話の世界では、とうの昔に決まっていたことなんです。

ブーフーウーの三匹の子ブタは、メキシコの衣装を着ていた。人形の世界は、それでもよく、日本の子どもの私は、わざと口を開けてテレビを見ていた。ブーは藁の家、フーは木の家、ウーは煉瓦の家。幼い脳に刷り込まれたことは、煉瓦の家が一番ということ。そういえば、ブーが長男で文句ばかり、フーが弱虫の次男、ウーが一番賢くがんばりやの三男という設定だったな。

「いい子は、せんろにはいりません」という標語はよくできている。まねしたくなる。

だったら、いい子は、ほかに何をしないのかな。

いい子だったはずの子は、いったいなにをしてくれたのかな。しなくてもよかったことの、なにをしでかしてくれたのかな。

ロッカールームでは、若い女の子ら、「今日、四時に目がさめて眠れなかったあ」。「えっ、悩みでもあるの」。「ないよ。にきびくらいしか」と、即答。話題に入ることさえできない私は、人生何度目かの障子張りを思い出しながら、もたもたと着替える。

（木の家には紙ですから。いつでも死に支度。）

中島悦子は、福島原発事故後の残酷な時間の流れに身を置き、「事故は他人ごとではなく、自分が無力な一大衆にしか過ぎないことを痛感した。だから、私は何もなかったように、自分の文学だけを考えることができず、悩みながら今回の作品を書きました」と小熊秀雄賞の贈呈式のスピーチにおいて、この詩集ができるまでの経緯を振り返っている。

谷内修三はブログ「詩はどこにあるか（谷内修三の読書日記）」の中でこの詩集を取り上げ、中島悦子の詩には複数の文体があることを指摘している。それは言い切れないものを、別の形で言い直し、隠れていたものをさらに表に引き出すためで、必然的にそうなるとしているのである。さらに「洗練の拒否という洗練」としての口語の多用を挙げ、このリズム、口調が詩のフットワークの軽さ、強さに繋がっていると述べている。

また、アーサー・ビナードはこの詩集の小熊秀雄賞選評の中で、「人間というのは、他者の意見にさほど興味を持たないはずだ」「けれど、物語というものには、人間は興味をそそられる」とし、この詩集の魅力は「どの詩も本物の物語の域に達していて、万人をひっぱりこむ引力に満ちている」と絶賛している。そう言えば、詩の題名の「……をめぐる」の後には「物語」という単語が隠れていると解釈すれば、この詩集全体を原発事故をめぐる物語として受け止めることもできるのではなかろうか。「プロメテウスの火」以後の新たな神話がここに誕生したとも言えるのである。

第五詩集『暗号という』（令和元年）は、灰色を基調とした三上誠の装画が用いられた洒落た造りになっているが、よくよく目を凝らしてみるとここでも氏のイメージカラーであるオレンジ色が数字部分にうっすらと使用されている。そして目次をひらいてみると、何と全て二字熟語からなるタイトルがスクエアにまるで何かの暗号のように印刷されているのである。そして早々とこの美的センスにまずは後頭部を一撃された思いになるのである。それでは最初の詩篇「新島」を読んでみよう。

新島

炒飯作れる?
なら、ちょっとはましかな
料理作れるっていいかんじにおもえるけど
そうでもないか
あんたのどうにもならないところ
混ぜて炒めてあげようか?

新たに噴火した島に
人間が住めるようになるのは
十五万年後だって

吸血鬼の役ってどう?
あんたの美貌ならできると思うけど
　流罪の相まします
　横死の相まします

どうにもならないところ
混ぜて炒めてあげようか?

次は生まれ変われるとおもう?

　わたせや　わたせ
　水におぼれ六百余騎ぞながれける

あんたの台詞のひとつひとつを
一緒に憶えてあげるよ

詩集の最後に（古語の部分は『平家物語』より）と注釈があるように、この詩集には至る所に『平家物語』からの引用が様々な形で認められる。引用文を詩中に織り込む方法はすでに第三詩集の『マッチ売りの偽書』で氏独特の方法論から用いられているのだが、今回は出典を一つに絞ったところに不思議な安定感を感じさせられる。しかも古典文学の古語をそのまま導入したところにも何故か新鮮な印象を受けたのである。

ところで、新島と言えば今やサーファーや海水浴客に人気の観光地であるが、江戸時代は罪人の流刑地であった場所で、今でも流人墓地が存在すると言われている。この詩篇はその島の海岸で繰り広げられる若い男女のヤンキーな会話と、流人の非業の死、そして平家の合戦で馬筏を壊され流されてゆく武者の無念の死が混然となって、それらの声がお互いに響きあうことにより全く新たなポエジーを生み出していると言えるのである。

山田兼士は自己のブログの中で、この詩集は平家物語の死生観を通奏低音に、現代人の虚無と空虚を主題にした暗示的作品群だと評しており、「暗号という」気配や雰囲気を内包するイメージが中心で、特に謎解き的サスペンスを狙ったものではない。時間を超えることは死の克服だと解読している。実に明快な解説であるとともに、この詩集の稀有な独自性をも端的に浮き彫りにしているのではなかろうか。そしてこのことは中島氏の新たな詩への飽くなき探求とも捉え直すことができるのである。

さらに換言すれば、氏にとっての文学行為とは何を書くかではなく、まだ何が書かれていないかを考え、常に挑戦し続けることであると言えよう。それは自己模倣の連鎖を断ち切って、果敢に前進してゆくことでもあり、まるでセーフティーネット無しで挑む綱渡りのように、危険で困難を伴う行為なのである。中島悦子がストイックに繰り広げる新たな詩への挑戦は、ぼくにとって極めて魅力的でスリリングな世界である。何故ならばそれは未知の風景であり、未踏の領域だからである。見上げれば、ピーンと張り詰めた綱の上で、孤軍奮闘する華麗な氏の勇姿に、今まさに釘付けになってしまう。そして（死を覚悟せず真の美はない！）と、何故かぼくはその毅然とした態度を見ながら思わず納得してしまうのであった。

常に死を覚悟した会田綱雄の詩

会田綱雄の詩には死を覚悟した人間の厳しさと優しさが混然一体となって溶け込んだ得体の知れない何かがある。それは彼が経験してきた多くの辛い体験、なかんずく中国での戦争体験が色濃く反映しているのではなかろうか。そして一篇一篇の詩をまるで遺書のように書き続けていったその姿勢に、ある種の殺気のようなものを感じさせられるのは、果たしてぼくだけであろうか。

彼の評論集『人物詩』に「三好達治私考」という文章があるが、その後半に福井の三国海岸を訪れたことを記しているところがある。その地は、実は三好達治が昭和十九年から五年間もの間、愛の逃避行と破局の末、隠棲生活を送った場所なのである。そしてこの海岸沿いの東尋坊には三好達治の詩碑が建立されているのだが、その碑には、

春の岬　旅のをはりの鷗どり
浮きつつ遠くなりにけるかも

のあのあまりにも有名な「春の岬」が刻まれている。彼はその草体の詩句を何度も読み返しているうちに、この詩が三好さんの〝辞世の歌〟だということに思い至るのである。そして処女詩集『測量船』の巻頭にいち早く辞世の歌を掲げてしまった三好さんの早熟な〝死の覚悟〟を感受してしまうのである。正にこの発想こそ常に死の覚悟を持った人間でなければ嗅ぎ分けることのできない感覚なのではなかろうか。

会田綱雄は、何故かぼくにとってちょっと近寄りがたい存在なのだが、歴程の詩人のなかでは草野心平を除いて真っ先に浮かんでくる詩人の一人である。ある意味最も歴程的な詩人のような気がする。どうしてなんだろうと考えてみれば、心平は中国広東の嶺南大学（現・中山大学）に留学していたが、会田も中国に仕事を求め渡っており、南京で心平の知遇を得ている。そんな中国体験が二人の詩に大陸的な壮大なイメージを共にもたらしたからなのではなかろうか。

ところでぼくは氏にお会いしたことは無いのだが、一度だけお見かけしたことがある。というのは昭和五十六年の二月末、大学六年生になる直前の春休みのことなのだが、一週間ほど祖師谷の叔父の家に厄介になりながら、神田や高田馬場の古本屋を巡ったり、古い映画や赤テントなどの演劇を鑑賞したことがある。その時、丁度銀座の博品館劇場で吉原幸子が演出したという舞踏詩「春琴夢幻」が公演中だった。ぼくにとって彼女は好きな詩人であったし、これは見逃してはなるまいと出かけていったのである。開演前のロビーで田舎者よろしくうろちょろしていると、なんと白シャツ姿の吉原幸子が現れて、黄色いちょっと派手な衣装を纏った女性と黒っぽい和服の大男と歓談しているではないか。ぼくは『オンディーヌ』の詩人を目の当たりにした興奮で、のどがカラカラになっていた。開演のベルが鳴ったので会場に戻ると、ぼくの席は左側の後ろから三番目の席であった。するとぼくの真ん前の席に先ほどの派手な女性と地味な男性が並んで座っているではないか。その時になってようやくこの女性は白石かずこに違いないと確信したのであるが、男性の方は誰だか分らなかった。公演も後半に差しかかったころである、どうしたものか前の席の二人が揃って退席したのである。そしてしばらくすると先ほどの男が舞台に現れたではないか。紹介のアナウンスがあって初めて気づいたのであるが、この詩を朗読し始めた男こそあの著名な会田綱雄だったのである。

会田綱雄ほど、熱烈に惚れられた詩人も珍しいのではなかろうか。しかも女性だけではなく男にも心底惚れられるのである。ぼくは詩を書き始めた頃、盛岡の「百鬼」という同人誌に所属していたのだが、同じく同人で姉御肌の藤原美幸は、土井晩翠賞を受賞した頃とにかく会田綱雄に心酔しており、枕元に詩集『遺言』を置いては、寝ても覚めても読み耽っていたという。そんな身近な人を通してまずは会田綱雄の凄さを聞き及び、ぼくも徐々にその詩の世界に耽溺するようになっていったのである。

さてそれでは略歴から簡単に紹介してみよう。会田綱雄は大正三年、現在の東京都墨田区亀沢に大工の父・綱蔵と母・きくの二男として生まれている。大正十二年（九歳）関東大震災に被災。大正十五年（十二歳）東京府立三中に入学、先輩に芥川龍之介、後輩に立原道造がいた。昭和五年（十六歳）第一早稲田高等学院文科に入学。昭和八年（十九歳）日本大学社会学科に入学、のち中退。昭和十五年（二十六歳）志願して中華民国に渡り、十三軍南京特務機関軍属となり文化科勤務。昭和十六年（二十七歳）草野心平の知遇を得、彼が編集していた「日中文化」に詩を掲載する。太平洋戦争勃発後は、南京のアメリカ系教会、学校、病院の管理事務の仕事に就く。昭和十八年（二十九歳）八代藤美と結婚。昭和二十二年（三十三歳）「歴程」同人となる。新潮社版『島崎藤村全集』の編集に参与する。昭和三十年（四十一歳）筑摩書房第三編集部嘱託となる。三年後同社編集部（校正）に入社。昭和三十二年（四十三歳）第一詩集『鹹湖』刊行。翌年同詩集で、第一回高村光太郎賞を受賞。昭和三十九年（五十歳）第二詩集『狂言』刊行。昭和四十五年（五十六歳）第三詩集『汝』刊行。昭和四十七年（五十八歳）第四詩集『会田綱雄詩集』（母岩社）刊行。昭和五十年（六十一歳）現代詩文庫『会田綱雄詩集』（思潮社）刊行。昭和五十二年（六十三歳）第五詩集『遺言』刊行。本詩集にて第二十九回読売文学賞受賞。昭和五十三年（六十四歳）エッセイ集『人物詩』刊行。昭和五十七年（六十八歳）第六詩集『糸瓜よ糸瓜』刊行。昭和五十九年（七十歳）第七詩集『婆婆は、どうかね？』刊行。平成二年二月二十二日、心筋梗塞のため死去、七十六歳であった。

第一詩集『鹹湖』（昭和三十二年・緑書房）には、会田綱雄の最も有名な詩篇「伝説」が収録されている。まずはこの詩篇を全文引用してみよう。

伝説

湖から
蟹が這いあがってくると
わたくしたちはそれを縄にくくりつけ
山をこえて
市場の
石ころだらけの道に立つ

蟹を食うひともあるのだ

縄につるされ
毛の生えた十本の脚で
空を掻きむしりながら
蟹は銭になり
わたくしたちはひとにぎりの米と塩を買い

山をこえて
湖のほとりにかえる

ここは
草も枯れ
風はつめたく
わたくしたちの小屋は灯をともさぬ

くらやみのなかでわたくしたちは
わたくしたちのちちははの思い出を
くりかえし
くりかえし
わたくしたちのこどもにつたえる
わたくしたちのちちははも
わたくしたちのように
この湖の蟹をとらえ
あの山をこえ

ひとにぎりの米と塩をもちかえり
わたくしたちのために
熱いお粥をたいてくれたのだった

わたくしたちはやがてまた
わたくしたちのちちはははのように
痩せほそったちいさなからだを
かるく
かるく
湖にすてにゆくだろう
そしてわたくしたちのぬけがらを
蟹はあとかたもなく食いつくすだろう
むかし
わたくしたちのちちはははのぬけがらを
あとかたもなく食いつくしたように

それはわたくしたちのねがいである

こどもたちが寝いると
わたくしたちは小屋をぬけだし
湖に舟をうかべる
湖の上はうすらあかるく
わたくしたちはふるえながら
やさしく
くるしく
むつびあう

会田は評論「一つの体験として」の中で、この詩の発想を、いつ、どこで得たのか詳しく述べている。それによれば昭和十五年の暮、二十六歳の時、志願して中華民国に渡り南京特務機関という特殊な行政機関にはいったことを挙げている。それは日本ではどうにも生きようがなく、いわば死中に〝活〟を求めての道行だったのであるが、南京と言えば日本軍が攻略し大虐殺を行なった地である。特務機関の同僚から氏は、戦争のあった年にとれる蟹は大変おいしいという言い伝えが中国の民衆の間に、一つの口承としてあることを聞かされるのである。つまり戦死者を蟹が食べるので、脂がのっておいしくなるというのである。当時の中国人はよほどのことがなければ蟹を食うことは無かったという。「伝説」は戦後十年してから、千葉の海岸に潮干狩りに行き、小蟹を食べる蛤から触発を受け一気に書いたと言われているが（斎藤庸一）、勿論その下地にはこれら中国での体験が当然あった訳である。会田はこの評論の最後で、「伝説」は詩ではありませんと明言しているが、確かにこの詩集のどこにも「詩集」という言葉は見当たらない。この珠玉の一篇を詩にほど遠いものだと言い切る謙譲さに、ぼくは逆に本物の詩人の凄さを感じてしまうのだ。

さてこの詩には、字義通りの鎮魂の意味合いの他に東洋的輪廻の思想、西洋的贖罪の願い、種を保存するためのエロスとタナトスの概念など、様々なテーマが内在されていると思われる。星野徹は「会田綱雄試論」のなかで、「生きることが罪を犯すことと同義である悲しさ、その悲しさがくり返されてゆくほかない人間の宿命」が語られていると述べており「原罪の観念を中心とする多少とも宗教的な主題を作品化」していると指摘している。

またこの詩は形式的にも優れたリズム感を有するが、それは朗読してみればよく分かる。つまりこの心地よさは一体どこから来るのであろうかと詩行をよく見てみると、「くりかえし」と「かるく」のリフレインにすぐ気付くのである。最後の「やさしく」「くるしく」も同様のものとみてよいのだが、リフレインでありしかも「く」で韻を踏んでいるのである。そしてもうひとつ、たった五十行の詩篇の中に「わたくしたち」という単語が十六回も出てくることに注目したい。しかも「わたしたち」ではなく、「く」を加えることによって前述のリフレイン効果を助長しているのである。また「ちちはは」という単語もそれ自体リフレインであり、数は少ないものの四回繰り返されている。輪廻自体リフレインといってよいが、意味と形式が見事に一致しまるで天上の音楽のように心に響くのである。さらに誤解を恐れず憶測を述べれば、「く」は「苦」なのではなかろうか。生きとし生けるものの種を温存しようとする苦悩と、愛することによって派生する苦悩をこの「く」は象徴しているように思えてならない。

第二詩集『狂言』（昭和三十九年・思潮社）には、狐や鬼が頻繁に出てくる。狂言は猿楽の滑稽味を洗練させた笑劇であると言われているが、この詩集に登場する狐や鬼たちは何故か物哀しい。例えば、「二月の鬼」を読んでみよう。

二月の鬼

鬼だって生きなければならない
いや
鬼だからこそ生きなければならないのだ
と一匹の鬼は考える
二月の夜にしては
変にナマあったかいけれども

鰯の頭を神妙につるして
あわれや
人間どもは寝しずまり
鬼は外
空咳をしながら
薬莢をひろってあるいていくと
涙がうっすらにじんでくる
心配御無用
悲しいんじゃない
あいつらに狙われた傷がうずいて
笑いだしたいくらいなんだ
痩せ我慢じゃない

一般に、狐や鬼は人間を騙したり、脅したりして困らせるものなのだが、会田綱雄の詩の世界ではこの関係が正に逆転しているのである。そこに狂言ならではの滑稽味やユーモアが滲み出てくるのであるが、素直に笑えないところが怖いところだ。何故ならば風刺とは思えない人間の恐ろしさをそこに垣間見るからである。その怖さ恐ろしさは実際に戦争を通して肌で感じた経験があるからこそ書けるものなのかもしれない。またこの詩集には、ピエロタという架空の地名が頻繁に出てくる。会田詩では、この人間界こそが本物の地獄であり、ピエロタはある意味彼の理想郷を顕現しているのかもしれない。

第三詩集『汝』（昭和四十五年・母岩社）は横長でハードカバーの函装詩集であり、とても凝った造りになっている。というのは詩篇が左頁だけに書かれており、タイトルは頁下に思いっきり下げて書かれている。そして右頁はノンブルだけで白紙なのである。ぼくにとっては初めての形式である。また、この詩集には、上製本と、六十七部限定の総革特装本の二種類の版があり、扉に毛筆で前者には署名のみ、後者には、

水を賜へ
我は旅人

という詩句が書かれている。因みにぼくが所有している特装本は第四十冊目である。吉岡実は会田綱雄という「詩人の風土には、まったく別の植物や果実が生成している陽光の部分——アンリ、マリア、そしてイエスへの憧憬と愛の祈禱詩篇がある」と述べているが、次の詩篇「野州塩ノ湯」もそういった詩篇の一つではなかろうか。

野州塩ノ湯

崖を降りて
石斑魚《ウグイ》の匂いのする
鹿股《カマタ》の
ゆあびするマリアにあいにいくと
ああんと口をあけて
ふくらんだゆびのさきで歯をたたいてみせる
「見える?」
「見える」
「虫が食ってる?」
「食ってる」
「いやァだ」
「痛む?」
「痛む」
汗っかきなので裸になって崖を上っていくと
ひげを生やした

気のやさしい
大工のヨセフが来て待っている
マリアの
赤い
やわらかいじゅばんを腕《カイナ》にだいて

会田のマリアやイエスに寄せる思いは、並々ならぬものがある。これらの思いは特務機関時代に南京のアメリカ系教会、学校、病院の管理事務を執った経験が大きく影響しているのではないかと岡安恒武は指摘している。また、ヨセフには大好きだった父綱蔵の面影が重なる。実際に彼の父も大工であったのだ。

第四詩集『会田綱雄詩集』（昭和四十七年・母岩社）には、前述の三詩集に加えて七篇の拾遺詩篇が収録されている。

第五詩集『遺言』（昭和五十二年・青土社）は、開いてまず吃驚するのはすべての詩篇が通常とは上下逆で行末を下で揃えているということだ。久我雅紹はこの形式に触れ、「詩行が、あたかも下から上に、木や植物が地面から天に向かって生えているかのように感じられる。詩行の底部を揃えたこの形式を詩人自身『雑草式』と呼んだ。読む時は、もちろん上から下に向かう。特異なこの書き方は、会田綱雄が創始者だと思う。そこでは、他に例を見ない詩的効果を生み出している。」と述べている。また山本太郎が会田から直接「自分は詩を一篇一篇、遺書のつもりで書いてきた」という意味の言葉を何度も聞いている通り、この詩集はタイトル通りの遺言だとも言える。多くの詩人たちに遺した遺言とも言える詩篇の中から田村隆一の場合は、

風流考

自動点火装置の
瓦斯の栓さえ捻れない無器用なやつがある
女がいなかったら
客にお茶一杯出せないんだ
たとえば田村隆一
泣かせる男であるが泣く男でもある
三好達治の歌につられ
春日部の牛島へタクシーを飛ばし
絶妙の枝ぶりに惚れて
若い藤の木を一本買ったはいいが
トランクにもおさまらない

そのまま植木屋にあずけっぱなしで
　そうだナ
　もう十三年になるか
牛島のあの木いまごろは熟して
　はんなり
　はんなり
女っぷりも上がってるだろうが
　みれんはございません
わが鎌倉には鬱蒼たるミモザの木がある
　こいつも豆科だが
　大詩人だ

第六詩集『糸瓜よ糸瓜』（昭和五十七年・矢立出版）には、キリストの墓を訪れた折に書かれた「旅」という詩篇が収録されている。この詩篇も「雑草式」で書かれている。

旅

五《ゴ》ノ戸《ヘ》から五《ゴ》ノ戸《ヘ》川《ガワ》に沿って二〇キロほどさかのぼっていくと
戸来《ヘライ》がある
〈戸来〉は〈ヘブライ〉で
そこに〈イエス・キリストの墓〉がある
と
初めてわたしに教えてくれたのはJだ
そのころJは塩基性のある美しい抒情詩を書いていた
十年後わたしが八《ハチ》ノ戸《ヘ》にJを訪ねたのはその戸来に行きたかったからだ
Jはアメリカの焼夷弾をくらって傷だらけになった鮫町の古い料亭
石田家のあるじだった
わたしがあてがわれた奥座敷には棟方志功の泥絵が飾ってあった
鬱屈したこの料亭から太平洋の青い水は見えない
Jと車を海岸に飛ばし
五百羽の海猫がうっとりと日をあびている蕪島《カブラジマ》に渡ってみたりしたけれど
〈イエス〉の〈イ〉の字もJは口に出さない

Jは十年のあいだに〈イエス・キリスト〉の墓を
伝説としても信じなくなっていたのだ
こいつはうさんくさいしろものだと彼が断定してしまったことは確かだ
しかしうさんくさいのは百も承知でわたしは八ノ戸までやってきたのだ
渋っている彼に地図を書かせ五ノ戸からバスに乗って
ひとりで戸来へ行った
雪がつもっていて
疎林にかこまれた古墳に登る小さな道で辷ってわたしはしりもちをついた
〈イエス・キリストの墓〉も雪でおおわれていて
枯れ木の枝でつくったみすぼらしい十字架が傾きながら立っている
〈イエスは殺されず　この地に亡命して八十歳の天寿を全うせり
エルサレムにてイエスの身代わりとなって殺されしはその弟なりき〉
だからイエスの墓と並んでその弟の墓も雪のなかに盛りあがっている
わたしは靴で軽く〈ふたり〉の墓すその雪をふんでみた
その雪が微かに立てる音には生きている人間の恥らいのようなものがあった
それがわたしをやわらかくしめつけた
泣きたいくらいだった

八戸駅に戻るとみぞれになっていた
鮫町には回らず駅前で焼酎を飲み蒟蒻を食ってから
上野行の夜行が待つ濡れたフォームをパウロのように奔って行った

Jは村　次郎のことである。そして戸来はぼくが住む十和田市から車で一時間ほどのところにあるが、近場であるにもかかわらず訪れた事がない。誰もが胡散臭いと感じ、会田自身もそのことを百も承知でこの地を訪れようとするのは、やはりイエスに対する已むに已まれぬ愛着から来るのであろう。

第七詩集『姿婆は、どうかね?』（昭和五十九年・矢立出版）は最後の詩集だ。花田英三も会田に惚れ込んだ詩人の一人だが、「〈花田英三〉抄」は、弟子へ語りかけた会田流の詩への心構えだ。

〈花田英三〉抄

こころゆくまで　というささやきがきこえる
ゆくよりしかたがないさ
そのゆくさきも　おぼろには見えている

うしみつどき　さしつさされつ

■

雑草の生いしげる川のほとりは　いい
匂いも　いい
女も　いい
さみしく日が暮れてくるのも　いい

■

つぼをおさえて　もむ
おのぞみなら　やんわりくびもしめる
詩だって生き物なんだからね
くつろがしてやりたくなる

「詩だって生き物なんだからね」の一言にジーンときてしまう。会田綱雄の底なしの怖いほどの優しさにジーンときてしまうのである。会田にとっては自然も人間も詩さえもがすべて同じ水平線に広がっている存在なのである。この無類の慈悲深さこそ彼の最も優れた資質なのではなかろうか。

どんな動物であれ食べなければ生きてゆくことはできない。そして食べるということは殺生なしには成しえない行為なのである。つまり生きるということは、その哀しみを乗り越えてゆかねばならないことなのだ。会田詩には前述したように鬼や狐が頻繁に出てくるが、本来であれば彼らは人間を騙したり脅したりする存在なのに、逆に人間に苛められてしまう存在を演じている。会田は南京で特務機関の仕事をしていたが、中国側の人間にとって彼は正に鬼であり、狐の立場であったのかもしれない。だが彼の心は本当のところ、詩に登場する鬼や狐のようにどうしようもない哀しみに暮れていたのだ。

また詩作方法の面から論じてみれば、会田綱雄は器用に量産する詩人ではなかったようだ。つまり象徴された心象が定着されるまでに多くの年月と努力を要し、例えば前述したように詩篇「伝説」は十年以上の熟考を要している。辻井喬は会田詩の語法に触れ、「饒舌でも曖昧でもなく、むしろ反対に寡黙すぎるくらい寡黙であり、言葉のひとつひとつが、その奥に重たい実存を含んでいるという印象」を受けると述べている。さらに草野心平に言わせれば、彼は詩人であることのために詩を書く、そうした稀な詩人の一人であり、彼の詩は無口な彼の肉声そのものだとも述べている。つまり彼の言葉そのものが、彼の詩そのものなのである。加工されない生の肉声であるからこそずしりとぼくらの胸奥に響くのではなかろうか。

二月二十二日は会田綱雄の命日、桃の忌である。毎年池井昌樹氏が主宰して吉祥寺の「いせや」で行われるらしいが、今年は二十四回目で、たまたま八木幹夫さんから井川博年さんもいらっしゃるから来てみたらとお誘いを受けた。行きたいのは山々なのだが、矢張り十和田からは遠すぎて参加できなかった。せめて、キリストの墓に詣でて、会田綱雄が訪れたその地から、遥かな空を眺めながら彼のことを偲んでみようとそんなふうに思い立った次第である。

現代詩の詩形は大きく分けて、行分け詩と散文詩に分類されると思うのだが、散文詩の歴史は意外にも古く、アロイジュス・ベルトランの『夜のガスパール』（一八四二年、死後出版）が先駆とされ、ボードレールが『パリの憂愁』（一八六九年、死後出版）で完成させたといわれている。日本では半世紀ほどの遅れはあったものの、なんと口語自由詩を確立したといわれるあの萩原朔太郎によってすでに書かれていたのである。

そんな古い歴史があるものの、日本における散文詩は何故か長い間「邪道」扱いされてきた経緯がある。ところが一九六〇年代に入り、入沢康夫、岩成達也、粒来哲蔵、粕谷栄市、金井美恵子らによって次々と散文詩による素晴らしい詩集が刊行されるやいなや、戦後詩史における散文詩の地位は一変したのである。いや一気に完成されたといっても過言ではない。その後の散文詩の隆盛は正に目を見張るものがあり、現在ではざっと見渡しただけでも高柳誠、時里二郎、苗村吉昭、冨上芳秀らの名前がすぐに浮かんでくるほど馴染み深いものになったといってもよい。

ところで散文詩とはいったいどういった詩をいうのであろうか。散文で書かれた詩と言ってしまえば身も蓋もないが、散文と詩という対立概念を並べるあたりに何か誤解が生じやすいような要素があるような気がしてくる。以前、季刊「びーぐる」二十三号に「詩と小説の違いは？」というアンケートが組まれ、ぼくはその問いに、「詩と小説の最も際立った違いは、形態的には詩が行分けであるという点である。よって字数も少なく、そこに余白が生まれることが詩であることの存在理由といっても過言ではない。連を構成させる行空きも余白である。一見小説と類似する散文詩ですら、字数の総体は少なく、一つの連として存在し、小宇宙として、その周囲に明らかな余白を感得せしめる。（以下略）」と回答したのであるが、散文詩と散文の違いとなると、さらに混迷を深めるのである。よって散文詩の定義となると、いささか心もとなくなってしまうのだが、山田兼士による「散文詩」が「詩」であるための五つの条件というのが、簡潔でとても分かり易いのでここに紹介しておこう。「⑴まず短いこと。例外もたまにあるが、長すぎる作品にはその長さを維持するためのストーリーが必須になる。ストーリーこそが「詩」の敵であることを忘れてはいけない。⑵その短さの中に「新奇なる発見」があることと。詩とは発見にほかならないのだから。⑶「オチ」がない、あるいは曖昧であること。オチはただ一つの真実を示すことで「詩」の多義性をそこねてしまう。⑷読者への「問い掛け」があること。あれこれ考えさせてくれるのが「詩」の何よりの恩寵である。⑸ある程度の「リズム」があること。もちろん定型のことではない。散文には散文なりのリズムがあり、時にそれは「詩的リズム」と言い得る心地よさを醸し出す。」

さて、ちょっと前振りが長くなってしまったが、要するに散文詩には行分け詩とは違った独特の魅力があり、現代詩の新たな地平線を次々と開拓してきたと言ってもよいのではなかろうか。その中でも粕谷栄市が創り上げてきた詩の世界には、特に目を見張るものがある。虚構の世界だけがもつ純粋なリアリティが、ぼくらの魂を根底から激しく揺さぶるのである。それはあたかも現代における悪魔祓いであり、究極の魂の救済と成り得ていると、ぼくはそう確信するのである。

それでは粕谷栄市の略歴を簡単に述べてみよう。昭和九年茨城県古河市に生まれる。父は製茶問屋を営む商人であった。古河一高商業科を経て、早大商学部卒業後家業を継ぐ。少年時代、従兄粒来哲蔵により詩及び詩人の存在を知る。昭和三十二年、詩誌「ロシナンテ」に参加して石原吉郎氏らに会う。昭和三十七年「ロシナンテ」解散。その後断続的に「地球」、「竜」、「白堊紀」、「舌」、「気流」、「鬼」などの同人誌に作品を発表。昭和四十六年（三十七歳）第一詩集『世界の構造』刊行。同詩集で第二回高見順賞を受賞。昭和四十七年「歴程」同人となる。昭和五十一年第二詩集現代詩文庫『粕谷栄市詩集』刊行。平成元年（五十五歳）第三詩集『悪霊』刊行。同詩集で第二十七回藤村記念歴程賞受賞。平成四年（五十八歳）第四詩集『鏡と街』上梓。平成十一年（六十五歳）第五詩集『化体』刊行。同詩集で第十五回詩歌文学館賞受賞。平成十五年（六十九歳）第六詩集現代詩文庫『続・粕谷栄市詩集』上梓。平成十六年（七十歳）第七詩集『鄙唄』、第八詩集『轉落』刊行。両詩集で第五十五回芸術選奨・文部科学大臣賞受賞。平成二十二年（七十六歳）第九詩集『遠い川』刊行。同詩集で第六回三好達治賞受賞。平成二十五年（七十九歳）第十詩集『瑞兆』上梓。ここでちょっと注目してもらいたいことは、これまでに上梓した詩集で現代詩文庫を除く八詩集中六冊において、何らかの賞を受賞していることである。これはいかに粕谷氏が、注目度の高い作品を書き続けているかの証左にもなるのではなかろうか。

さて、どんな詩人においても第一詩集は特別な意味合いを持つが、特に粕谷氏の『世界の構造』（昭和四十六年）は、戦後詩史におけるモニュメンタルな作品であるばかりではなく、いかに多くの詩人たちに影響を与え、散文詩の隆盛にどれほど多くの貢献をもたらし、今なお多くの文学者に示唆を与え続けているのか、計り知れないものがある。この詩集は昭和三十三年からの十一年間に書かれた三十篇とその後二年間のブランクの後一気に書き上げた十篇からなっている。石原吉郎に詩集を出すよう強く勧められ、当初は結婚十年目の記念として妻千晶に贈るために編まれた極めて個人的な詩集だったのである。そしてこの詩集は詩学社から刊行されたのだが、函装上製本で表紙絵にはアルカイックな懐中時計のようなシェーマが描かれている。依頼した当の本人も吃驚するほど豪華な詩集となってしまったのだ。「散漫なおぼえ書き」という文章の中で「私は、自分の作品を、公にするという意味を、自覚していなかったのかも知れない。詩集は、私の考えていたものより、立派なかたちとなって、私は、辟易した。その上、それは高見順賞を受賞することになって、私は、驚愕した。／私は高見賞の存在さえ知らなかった。私は、思潮社にいって、前年の受賞者の三木卓氏と、吉増剛造氏の詩集を手にして来た。そして、再び驚愕した。」とその当時の狼狽ぶりを素直に回顧している。東京から電車で一時間ほどの小さな町で、詩を語る人間がたった三人だけだったという極めて孤立した世界から一気に詩の表舞台に躍り出たのである。それはあたかも初めて碧空を仰ぎ見た時の土竜の気分だったのではなかろうか。

それではまず、あっけらかんとした明るさが漂う、狂気の祝祭を描いた「射撃祭」という詩を紹介してみよう。

射撃祭

三月の明るい朝、私たちの町の射撃祭は行なわれる。

町はずれの眩しい湖水のほとりに、町の銃を扱える、全ての人が集るのだ。

にぎやかな点呼が終わると、遠い木箱の上の囚人を狙って、私たちは、一人づつ、射撃を行なう。銃弾が当たると、それは、まるで、鳥みたいに、とびあがるのだ。

勿論、代りはあるから、心配は要らない。立てなくなれば、それは、すぐ、湖に捨てるのだ。

　囚人たちは、みんな、おとなしく、標的になる。中には、おかしな恰好で、逃げようとする奴もいる。かえって、面白いものになるのだ。晴着のまま、水に入って、私たちは軽快な一齊射撃を行なう。美しい飛沫で、小さな醜いものを、吹きとばすのだ。

　銃声のたびに、旗が振られ、喝采と青空と、目がさめるように、楽しい一日だ。花のような天幕に、笑顔ばかりが、往来する。

　勿論、囚人の数には、限りがあるから、やがて、標的は、犬や青い木の人形になる。それでも、熱心に、射撃は続けられる。女や子どもたちも、一度は、銃を構えて見るのだ。

　ただ、その頃になると、近くの森では、白い布が展げられ、食事をはじめる人たちもいる。合唱や踊りの輪もできる。

　白いパンと薬莢、清潔な私たちの春は、この射撃祭から、始まるのだ。

暦でしか、私たちの町を知らぬ人は、この町を、湖水のあるだけの刑務所のような町だと、思っている。どの家にも、血の独房があるのは本当だが、貧しくても、射撃祭に来ない人など、一人もいない。

石原吉郎はこの詩集の「虚構のリアリティ」という跋文の中で、彼の作品につよくひかれるのは、虚構のみがもつ、このリアリティの切実さの故であるとし、その切実さは、恐怖のようなものさえともなっていると、分析している。粕谷の詩の世界は写真の陰画のように現実の裏返しともいえる悪意に満ち満ちている。現実の美しすぎるベールを丁寧に剝ぎ取ってゆき、人間の深層心理の未知の世界に誘ってくれる。そしてそこに救いを求めているような気がするのである。

この詩集を文字数の観点から考察してみると、四十篇中三十四篇は二頁に収まっており、一頁は一篇、三頁は五篇のみである。行数で言えば、十二行から三十四行で平均二十四・五行であり、二頁、二十五行がこの詩集の基本形である。このようにある一定の長さを保っているということは非常に意味のあることのように思われる。何故ならば、見開き二頁に作品が収まるということは、あたかも絵画のように額縁が、換言すれば空白が存在することであり、詩の存在理由を見事にクリアしているからである。その言で喩えれば、散文は絵画ではなくむしろ映画のようなものと言えよう。

この詩集は、先にも述べたように高見順賞を獲得しているのだが、その選考委員の座談会の席上で、寺田透はこの詩集には「無気味な虚構の世界のリアリティが説得力をもって出ている」と評し、「ここで表現されている情感、つまり存在することの恐怖は本物だ」と述べている。また、鮎川信夫は粕谷詩の特異性に触れ「非常に個性的な神話とでもいうべき新しいヴィジョンの世界を打ちたてている」と評し、「そのヴィジョンがアレゴリーのほうへは赴かないでファンタジーの方へそれていくところに独特のものがあり、これらの詩の美しさがあるように思う」と絶賛している。

第三詩集『悪霊』（平成元年・思潮社）は、昭和六十二年から平成元年の三年間に書かれた四十四篇からなるが、全て見開き二頁に収まる詩である。ここでも詩篇のボリュウムは見事に統一されている。第二詩集の現代詩文庫（昭和五十一年）から十三年ぶりの詩集である。氏は決して多作な詩人とは言えないのだが、「詩を書く場所」というエッセイの中で、自分の作詩法に触れ「或るとき、私は作品が書きたいと思う。しかし、何が書きたいかは、私に判らない。作品を書きたいと願っている私が、私のなかに、いつやって来るかも私には判らない。大きな二つの場合があり、何れにしても、それは、私に、一つの衝撃、あるいは刺激のあったときなのだが、一つは、私の現実、つまり生の経験から来る衝撃であり、もう一つは、逆に、私の書くべき現実、つまり、生のことばから来る衝撃である。」と述べている。やはりどんな詩人でもそうなのであろうが、詩のミューズは中々すんなりとは現れないものなのだ。

さて、粕谷詩では、様々な動物が活躍するが、犬や馬と共に猿も頻繁に登場する。『悪霊』の冒頭の詩篇「冷血」も猿殺しを生業にしている男の話だ。

冷血

いつ、どんな時代にも、生きてゆくために、個人が専門の技術を身につけなければならないのは、当然のことである。

さまざまの仕事のなかで、特に、私が選んだのは、猿を殺すことだ。猿を殺して紙幣に換えることだ。

猿は多くの人々の集まるところにいる。何気なく人々に紛れ込み、猿を発見して、素早く、それを始末しなければならない。周囲を汚したり、悲鳴を上げさせたりしては、再び、仕事ができなくなる。

鋭い鉤のようなものを使って、一瞬の間にそれができるようになるには、少年時代からの長い孤独な修練が要る。深い血の闇のなかで、まず、身近な人々を欺くことから始めて、全ての言葉を超える、猿と自分の不動の関係をつくりあげるのだ。

普通の人々は、私の猿の存在を、一生、それと判らずに過ごす。しかし、私は、たとえば、虚数のように、それが何処にどんな姿で匿れていても、直ちに、その小さな赤い顔を見出して処理できるのだ。

もちろん、他人のなかにも、私と同じ日々を送る者がいる。その卑しく愚かな、無垢の生命を奪って生きている者が。

誰も気付かなかったが、今日、街で、一人の老婆にのしかかって、猿を殺している男を私は見た。幻のように彼は去り、あとに口をあけて倒れている老婆が残った。

その時になって、ようやく、彼女のまわりに人々が集まって、騒ぎはじめたが、残念なことに、彼らのなかに私は、猿を見つけることができなかったのだ。

この詩のように氏は、反世界と言ってもよい異空間を丁寧に、しかも綿密な計算のもとに掘り下げ、創り上げてゆく。その詩を共有することで、ぼくらは激しい感情の狭間で揺れることになる。そしてその磁場に生じる精神の化学反応が、ぼくらのより良く生き抜く力を共振させ奮い立たせてくれるのではなかろうか。

第四詩集『鏡と街』（平成四年・思潮社）は、詩誌「歴程」の編集の仕事を担当し、さらに粒来哲蔵氏の個人詩誌「鱓」にも参加することで沢山の作品を書くことができたと、あとがきで述べているが、人は暇だから多作になれるとは限らないのだ。むしろ多忙であることが創作意欲を掻き立てる切っ掛けになることが往々にしてありうることなのである。まずはタイトル詩「鏡と街」を読んでみよう。

鏡と街

曇天の街の路地裏のことだ。一人の男が、仕事の手を休めて、小さな窓から外を見ていた。一人の男が、仕事の手を休めて、ぼんやり、外を見ていることは、よくあることだ。

塀に挟まれた、細長い空間があって、石畳の路が、遠くで、曲がっている。一人の老婆が、乳母車を押して、そこをやって来た。

それに乗っているのは、赤ん坊ではなくて成人した若い男だ。大きな男で、手足が、乳母車からはみ出している。何故か、二人共、厳粛とも言える真面目な顔をして、正面を見据えて、進んで来る。

二人は、男の窓の下を通るとき、彼らを見ている男に気付いた。そして、凍ったように深い憎悪の表情で、彼を見詰めた。しかし、そのまま、去っていった。

男は、また、仕事にもどった。彼が働いているのは、寒い厨房だ。彼の仕事は、鶏を料理することだ。棚の上に、沢山の死んだ鶏が吊られている。

彼は、その一羽を、手にすると、素早く、その首を切り落とした。床の上に、数え切れぬ鶏の首が散乱している。彼は、既に、二人のことを忘れている。

次々に、鶏の首を切り落としている。

あの奇妙な乳母車の二人は、それから、何処にいったのか。二人は、何者だったのか。それを知るには、誰もが、血の臭いのする憎悪の夢のなかで、目を開けたまま死んでいる、鶏の首になることが要るかも知れない。

その厨房の鏡にも、小さく、その曇天の街は映っている。そのどこかの病院で、永遠に笑っている、あの二人に会うには、誰もが、何度も生命を失わねばならない。

どんな街のことにせよ、全て、この世の謎と言う謎は、例えば、赤い鶏冠のある死が、生き生きと戦慄に満ちて、血を流している、その無慈悲な無名の世界で、人間が、解答を知るものであるからである。

中国の詩人李商隠について書いた「滄海月明珠有涙」というエッセイの中で、粕谷氏は詩の持つ魅力について言及し「私たちの詩は、絶えず、自分が生きていると言う事実と等量の幾ばくかの、永遠の謎を含有していることが必要である」と述べているが、氏の作品には、この何故と言う謎が必ずと言ってよいほど出現する。この詩の最終連のように、この世の謎と、鶏の死が直結することによって、多義的な未知の不思議なポエジーが湧出してくるのである。謎こそ詩にとってなくてはならない必須アイテムなのだ。謎によって生じる多義性こそ作者と読者の間に生まれる鑑賞と言う行為を奥深いものにしてくれると言っても過言ではない。

第五詩集『化体』（平成十一年・思潮社）は、詩誌「幽明」を創刊したことがこれらの詩篇を書く契機になったとあとがきに記してある。やはり詩誌に参加する、あるいは創刊するといった能動的活動が、作品の量産には欠かせないものなのである。まずは、冒頭の詩篇「月明」を読んでみよう。

月明

まことに平凡だが、例えば、一枚の紙幣のなかにある
遠い三日月の街で、一人の男の顔が、目鼻をなくして、
白く固い卵の顔となってしまうことがある。
今更、言うまでもないことだが、死んだ魂の記憶の世
界では、どんなことでも起こり得るのだ。もちろん、そ
の街で、非常に孤独に日々を過ごしている男の、何かに、
深く、血の滲む夜にのみあることだ。
彼は、寝台に座って、自分が、生涯、他人に所有され

る人形でしかないことを、ながく思い悩むうちに、いつか、その白い卵の顔の男となって、街に出ていた。

そこを歩いているのは、全て、彼と同じく、白い卵の顔をした男たちである。どんな苦悩から彼らがそうなったか、その冷たい顔からは窺い知れない。

彼らのしていることと言えば、その淋しい街灯と三日月の街を、乳母車を押して、一つの曲がり角から次の曲がり角へ、歩いているだけなのだ。

その乳母車に乗っているのは、彼らと同じく、白い卵の顔をした赤ん坊である。みんな、仰向けに寝て、小さな両手をひろげているが、笑うことも泣くこともない。

一枚の紙幣のなかの三日月の街にあるのは、意味ありげだが、本当は、何でもない出来事ばかりだ。誰もが過去に一度見たことのある、陳腐なことばかりだ。

苦悩と言うものは偉大なものだ。何故なら、苦悩には、理念と言うものがあるから。懐かしい遠い日、古い書物で、そんな古い芝居の科白を読んだことがある。

どこかに、巨大な白い卵の顔をしたものが在る。白い卵の顔の男は、既に、自分が、その街のどの男なのか、分からず、永遠に、身動きすることのないものを乳母車に乗せて、一つの街角から、次の街角へ、歩いているのである。

この詩篇を読むと、大概の人はキリコのあののっぺらぼうの顔を描いた絵画を思い浮かべるのではなかろうか。実際氏は、「キリコは私の偉大な永遠の画家である」と述べているように多大な影響を受けているようである。氏には卵アレルギーがあるので食べることは苦手らしいが、言葉としてはかなり好ましく思っているようで、彼の詩篇には卵が何度も登場してくる。また、金子光晴の座談の記録を読んで、漢字の卵という字は中国では睾丸のことを意味するということを教えられ、いささか複雑な気分になったりするのである。確かに象形文字としても、卵はどちらかと言えば男性的な感じがする漢字である。

第七詩集『鄙唄』（平成十六年・書肆山田）は、粕谷氏の詩集のなかで、ぼくの最も好きな詩集である。詩集名の通りどこか鄙びた東北の村を舞台に展開する物語といった趣の詩篇が多く、これまでの詩篇と違って和風とでも言ってよい佇まいなのである。一篇の行数は三十行前後と従来と変わらないのだが、三頁に亘って書かれているせいか、絵画と言うよりは、物語風詩篇と感じてしまうのである。さっそく「蜩」という詩を読んでみよう。

蜩

何故、蜩は、あんなに鳴かないと死ねないのだろう。しきりに蜩の鳴きつのる夕べ、仔細ありげに、瞑目して、ひとりの男が、それに聞き入っていたことがある。板を削っては、桶を作る日々を過して、普段は、何も感じたことのない男が、何故か、そのときは、そんなことを考えたのだ。

塀越しに桐の木と墓場のようなものの見える、町裏の路地のおくの貧しい破れ障子の家のことだ。

幾つもの桶の並ぶ、狭い仕事場で、男は、女房に声をかけたが、何の返事もなく、それはそれで、その先は、もう、どうでもよくなった。

兎に角、板を削らないことには、桶はできない。桶ができないことには、食っていけない。

蜩は、遠く、なお、さかんに鳴いていたが、男は、また、削った板を濡らして、箍で、締めはじめた。木槌で叩いて、できあがった桶を、傍らに積み上げた。

桶を作ることしか知らない、桶屋の一日は、それだけで終る。その一日が、何年かつづいて、桶を作ることしか知らない、桶屋の一生は終る。

夕飯のあとで、また少し仕事をしてから、桶屋は、布団に入って、女房と寝た。ひとしきり、女房は、声をあげて悦んだが、二人はすぐ眠ってしまった。

何故、蜩は、あんなに鳴かないと死ねないのだろう。飽くずだらけの寝間で、やすらかに寝息をたてているときだけ、二人に、その答えが分かるのかも知れない。

あるいは、一切を知るかのように、塀越しの桐の木と塔婆の上で、大きな三日月が、優しく光っていた。仔細ありげに、すこし、左に傾いていたのだ。

この頃から、粕谷氏の詩は少しばかり変化してきたように感じられる。と言うのは先にも述べたように、詩の舞台にはどこか日本的雰囲気を漂わせ、内容的にも東洋的輪廻の思想をより強く感じさせるようになったからである。氏はこれまで一貫して散文詩を書いてきているのだが、その理由の一つとして「散文詩の形式が、そのまま、自分の生きている日常の思考に近いものであり、最初にそれを選んだときの負担のなさ、あるいは、自由の楽しさを、いつまでも私が忘れかねているからだ」と述べている。つまり氏は散文詩だけを好んで書き続けてきたことになる。そしてついにこの詩集において、氏独自の詩的空間を確立したような感じがするのである。そういう意味においても、ぼくにとってはこの詩集は画期的な、思い入れの深い作品集と言える。

第七詩集と同年に刊行された第八詩集『轉落』（平成十六年・思潮社）は、全篇（三十六篇）見開き二頁に収まっている。しかもタイトルのみ前頁の奇数頁に記載されているため、詩篇本文は完全な絵画の形を採っている。次に紹介する詩篇のタイトルを、詩集名に用いた旧字体ではなく「転落」と新字体に直しているのは、詩篇のなかでの新旧混合を避けるためと思われる。

転落

私の住む、この古い街の共同住宅は、時代遅れの十二階建ての建物だ。多くの部屋に、さまざまな人が暮らしているが、何故か、殆どが、一人暮しの老人だ。

永い人生の終りに近く、みんな、孤独に日々を過ごしていて、あまり行き来しない。私もその一人だが、それでも、少しは、人々と関わりのできることもある。

ある雨の日、私は、七階に住む、かつて医師だったと言う老人と、知り合いになった。階段で酔いつぶれている彼を、彼の部屋まで連れて行くことがあったのだ。

普段なら、何もしないのだが、そのときは、私も、少し酔っていて、ずぶ濡れで倒れている彼を、見捨てることができなかった。

彼の部屋は、荒廃をきわめていた。何も家具はなくて、汚れた寝台のまわりに、古い雑誌や酒壜が散乱しているだけだった。一枚だけ、壁に写真があって、若い日の彼が、全裸の女たちに囲まれて写っているものだった。

砂浜で、全員が、日傘をさして笑っていた。しかし、どこか変なのでよく見ると、女たちは、みんな同じ顔をした人形で、その表情も、虚ろな固いものだった。

どんな生涯を送ると、人間は、そんな写真の過去を、身近に飾るようになるのだろう。私は、正体もなく眠っている彼を残して、自分の部屋に帰った。

その夜のことだ。驚いたことに、十二階の屋上に、大勢の老人たちが集まっていた。全員が、あの酔いつぶれていた老人だった。そんなことがあるだろうか。

全てが、暗く曖昧だったから、それは、よく眠れなかった私の明け方の夢だったのだ。彼らは、柵を乗り越えて、一人ずつ、遥かな地上に転落していった。

この建物の朝は、いつも非常に静かだ。物音一つしない。私は、窓をあけて、誰かの投げ捨てた酒壜が、道路に砕けて散乱しているのを見た。私は、私を含めた、この街の老人たちの死に方のことを考えたのだ。

この詩集に収められた詩篇は、ここでも全て三十行前後に見事に統一されている。第一詩集から一篇の行数の長さはほぼ一貫して変わっていないのだ。これは作者の美意識の問題であるといえるかもしれないが、もう一つの大きな理由として、ワープロを用いて詩を書いていることも関係していると思う。彼は初めて購入したこの器機を「ダイアン」という愛称で呼ぶほど愛玩したのである。この器機を使用することで、行数を揃えることは極めて容易になるのである。ぼくもワープロ派の人間なのであるが、定型詩や折句などで遊ぶ場合もこの文明の器機は大変便利で重宝するのである。

また、この詩篇でもそうなのだが、粕谷詩は一般の散文詩に比して読点が多いような気がする。読点を多用することで行分け詩としても読めるような、そんなリズム感を視覚的に感じてしまうのである。それからもう一つ、同じ語句を頻回に用いる傾向もある。このことは散文では慎むべき行為なのだが、逆に詩においてはルフランとしての効果を発揮し、詩的音楽性を高めていると言える。

第九詩集『遠い川』（平成二十二年・思潮社）は、最近の詩集では珍しく大きめのB５判上製本である。この詩集も全て見開き二頁の詩篇で構成されている。大画面であるせいか読みやすく不思議と臨場感溢れる感じがするのだ。「白瓜」というちょっとエロティックな詩篇を読んでみよう。

白瓜

涼しい夏の夕べ、白瓜の好きな男が、あぐらをかいて白瓜を食っている。そのために、何日も、畑に行って、丹精して作った白瓜を、箸で挟み、うっとりと目をつむって、味わっている。

いや、青空の畑で青い蔓に実っただけの白瓜では、そのように、彼が満ち足りた思いをすることはない。

頬被りして、そこに行き、それを家まで持って帰って、井戸端で、一つずつ水で洗い、桶に漬け込んだ女がいなければならない。

その日から、塩と重しの石が、ゆっくりと、白瓜を甘くする。男がはだかで田の草を採り、女が馬に餌をやる、幾日か幾晩か、やがて、そのときがやってくる。

涼しい夏の夕べ、その桶の蓋をあけて、女は、笑いながら、白瓜の一つを取り出すことになる。

すぐ、包丁で、ざくざくと切って、皿に盛る。大急ぎで、それを、座敷で待っている男のところに運ぶのだ。

その女は、白瓜の好きな男が好きだ。あぐらをかいている、その厚い胸板が好きだ。

その男が、いま、白瓜の皿を前にして、一切れずつ、夢中でそれを食っている。その横に座って、うっとりと、女はそれを見ている。優しくうちわで蚊を追っている。

涼しい夏の夕べ、本当は、その二人が、とっくに死んでいたのだとしても、これらの全てが、地獄にいる二人の幻だったとしても、そのことにまちがいはない。

どこかに、夕顔の花が咲いて、裏の谷の堰の音が聞こえ、白瓜を食っていた男は、突然、女を抱き寄せて、皿の白瓜の一切れを、その小さな口に入れてやるのだ。

どんな生き死にの果てであろうと、そのことに変わりはない。幾たび、生まれ変わっても、同じなのだ。

うっとりと、瞼を閉じて、女は、目をつむっている。手にしていたうちわを、そのとき、たたみに取り落とすのである。


粕谷氏が描く世界は、どこかで冥界と繋がっているような不思議な雰囲気を持っているように思う。しかもその境界はあってなきがごとくであり、時空を超え移動することができるのだ。

そしてその冥界は現実と見紛うばかりのリアリティを獲得している。ぼくらがこれらの詩篇を読むということは、氏の眼を通して氏の想念を追体験することである。つまり生きることの本当の意味を再確認してゆくことでもあるのだ。

第十詩集『瑞兆』（平成二十五年・思潮社）は七十九歳時の詩集である。粕谷氏の詩は第一詩集から既に完成された詩であると言えるのだが、この詩集に至ってはさらに円熟味が増したように思う。どれも佳品揃いなのだが、その中から特にぼくの好きな「白狐」という詩を紹介してみよう。

白狐

あたり一面、風に揺れる芒ばかりの野原に、一人の女が、手を合わせて立っている。見渡す限り、芒ばかりの野原に、目を瞑って、ひとり、手を合わせている。

寒い天にあるのは、小さい三日月だ。何やら、うさんくさいはなしだが、芒のなかに立つ女は、遠目にも、若く美しい女だ。女が、それから、どうするのか、どんな男も、思わず、見入ってしまうのだ。

だが、それからも、何も変わることはない。あたり一面、風に揺れる芒のなかで、白い小さい顔をして、いつまでも、女は、じっと手を合わせているだけだ。

晩い秋の日のことだ。その間に、そのまま、日は暮れかける。別に、下心はなくても、気にはなる。誰もが、思わず、声をかけようとするのだ。

芒を掻き分けて、しかし、どんなに足を運んでも、女のいるところへ行けない。すぐ近くに見えて、そこは、とても遠いのだ。いつか、あたりは暗くなっている。

寒い天に小さい三日月があるだけで、西も東も定かでない。芒ばかりの野原で、男は、自分が、とんでもないところに迷い込んでしまったことを知るのだ。

何やら、どこかで聞いたようなはなしだが、途方に暮れて、それから男がどうしたか、筋書きはさまざまだ。男は、一晩中、夢中で、芒の原を這い回っていたという。いや、突然、男の目の前に、あの女が現れて、頭に小石を乗せて、宙返りした途端、一匹の白い狐になったのだという。

白狐は、頭に小石を乗せて、もう一度、宙返りすると、また、観音さまのような美しい女になったそうだ。

何れにせよ、月並みに、一生を永い旅路と思えれば、道中で、何があってもおかしくない。そう考えれば、この世は、べつに捨てたものではない。たとえ、自分の女房が、芒の野原で出会った、正体の分からない女だったとしても、生涯を睦み合って暮らせれば、一向、構わないのだ。


粕谷栄市の詩を語るには、冒頭にも述べたように親戚であった詩人粒来哲蔵と、その彼から紹介された石原吉郎の存在は外すことはできないのだが、決定的な影響を与えたのは、やはりアンリ・ミショーであったのであろう。「やさしい詩の書き方、生きゆくための詩」と言う文章の中で、小海永二氏の最初のミショーの訳詩集（ユリイカ版・一九五五年）にめぐりあったことが、自分が詩らしきものを書きつづけようとする決定的な要因となったと述べているからである。

さて、それではアンリ・ミショーという詩人は一体どんな人物であったのであろうか。弥生書房刊の『アンリ・ミショー詩集』の解説を読んでみると、小海永二は次のように紹介している。「第二次大戦後に登場したフランスの詩人の中で、最もユニークな、最もすぐれた詩人であって、今日では、二十世紀最大の詩人のひとりとして世界的に評価されている。彼は、いかなるグループにも属さず、全くの孤独の中で、もっぱら自己の狂気と幻想の領域を、夢魔に憑かれた〈遠い内部〉を、主として散文詩の形で探求してきた」と述べており、さらに「苦いユーモアのただようミショーのポエジーは、実はそれ自体が、苦悩からの脱出、自己救済のための手段」だとし、「いわば内的な強迫観念から自己を解放させるため」の「悪魔祓いに他ならない」と結んでいる。

粕谷氏の初期の詩篇は、とりわけミショーの影響が強いように思う。ミショーが外部世界に抱く悪意も、呪咀も、言葉による打擲や殺戮も全て粕谷の詩の中に再現されているように思われる。つまり氏はミショーの詩から「誰でも、わが領土を書くことができる」ということを学びとり、それを忠実に実践したと言える。そしてこの詩想こそ、現在においても極めて独創的で、特異な発想であることは言うまでもない。散文詩には幻想性、異界性、物語性の表現にすぐれているという特性があると言われているが、氏は初期の段階でこの表現形式に出会うことにより、さらに「よく生きるための何か」を確実に摑み取っていったのではなかろうか。

詩にどんなポエジーを求めるかは、人それぞれであろう。粕谷氏がミショーに出会うことによって受けた衝撃、その作詩法を自家薬籠中の物とし、さらに発展させ、彼独自の世界観を描出したことは、驚くべきことである。彼の創り上げた作品群は、夢とうつつを、彼岸と此岸を縦横無尽に行き交い、ぼくらに新たな詩情を提示してくれる。ぼくらが想像もしなかった精神の岸辺まで誘い、人間が生まれながらに持つ苦悩に向き合わせ、そこからの脱出を願うのである。そういった意味においても、氏の詩作品は正に悪魔祓いの呪文と言えるのではなかろうか。

花鳥風月よりも何よりも「人」を愛したソネット詩人小山正孝

小山正孝は、「四季」や「山の樹」の同人として活躍した抒情詩人、として一般には認知されることが多い。しかし、彼は単に四季派的花鳥風月を愛した詩人ではなかったのだ。エロスとタナトスの詩人とも称されるように、その詩の中心的主題に「愛」を求め、男女間のあらゆる関係を、詩で臆することなく表現し得た極めて稀有な詩人でもあったのだ。その作風は、小説的であり、超現実的でもあり、哲学的、心理的でもあり、正に他に類を見ない多面的なものであったと言ってよい。よってともすれば難解な詩として捉えられ、残念ではあるが現代詩の傍流として疎んじられていた傾向があったように、ぼくには思えてしょうがない。

小山文学の指南書には、あの有名な坂口昌明の『一詩人の追求――小山正孝氏の場合』があり、小山詩の魅力はここですでに詳細に解明されてはいるものの、ぼくにとってこの書は少し難解なのが難点で、小山文学の秀峰を憧れをもって仰ぎ見ることはあっても、実際に登攀してみようという勇気が中々湧いてこないのが本音であった。ところが「朔」同人で小山正孝の奥様である常子さんから送っていただいた著書『主人は留守、しかし…』を読ませていただいてからは、今まで少し遠い存在であった小山詩の世界が、一気に身近なものとなって迫ってきたのである。小山詩のキーワードである「愛」の対象者によって書かれたエッセイ集なので、言ってみればこれほど丁寧な解説書もないわけである。常子さんから大切な糸口を頂くことによって、今回小山文学の秀麗な峰々に自分なりにチャレンジしてみようとそう思った次第である。

さて、詩の愛好者ならば、ソネットを知らない人は一人もいないであろう。それほど周知された、定型詩のというよりも詩そのものの代名詞のような形式である。ソネットは「小さな歌」という意味があり、一般的には四行二連三行二連の押韻十四行詩のことを言う。詩行の長さといい、形といい極めて美しく、韻を踏む音楽性も併せ持つため、抒情詩を盛る器としては最適と言える。歴史的に見れば十三世紀のイタリアに始まったとされるが、十六世紀にはイギリスにも広められ、ソネット作家で最も有名な人物はウィリアム・シェイクスピアであろう。日本にこの形式が入ってきたのは十九世紀末になってからであるが、最初にこれを模倣しようとしたのは、薄田泣菫、ついで蒲原有明であり、いずれにおいても脚韻は採用されなかった。日本で本格的にソネットを書き始めたのは岩野泡鳴であり、韻律に替わる律動を導入し自ら心熱詩と称した。これに刺激を受け書き始めたのが、中原中也と立原道造なのであるが、ソネット詩人として有名なのは立原の方である。それは彼が短い生涯であったにもかかわらず百篇以上のソネットを残しており、その数は中原の優に四倍以上はあったからだと思われる。よって、現在でもソネット詩人といえばまず立原の名前が挙げられるのは当然のことと言えよう。そして詩人であれば、一度くらいはソネットを書いてみたいという人が意外にも多いのではなかろうか。そんなぼくも一時期定型詩に凝ったことがあり、第三詩集『48歳のソネット』は、いわゆるソネット詩集である。我が国ではソネットといえばほとんどが無韻ソネットを指すが、それでも果敢に押韻ソネットに挑戦した詩人がいる。最初に取り組んだのが九鬼周造であり、その後マチネ・ポエティックの詩人たち、最近では「中庭」の詩人たち、そして鈴木漠などが挙げられる。皆涙ぐましい努力の末作詩しているのだが、どういうわけか読み手側に無理な力みを強いる傾向があり、一般にはあまり流布していないのが現状である。

立原のソネットの継承者である小山正孝が、生涯に百七十五篇という膨大な量のソネットを書いたことは意外と知られていない。それは大半が未刊であったことにもよるが、立原のソネットとは内容的に大きな相違があり、周囲に中々理解されない不遇な扱いをされたことも一因ではなかろうか。ところが小山正孝こそ立原のソネットを継承し、さらに新たな境地に挑戦した注目すべき詩人なのである。

それではまずは簡単に略歴から紹介してみよう。大正五年、東京青山に生まれる。昭和十一年、府立四中から、弘前高等学校文科乙類に進む。昭和十三年七月、弘前から帰省中、杉浦明平から立原道造を紹介される。十月、盛岡に滞在中の立原道造を訪ねる。昭和十四年、東京帝国大学文学部支那文学科に入学。「山の樹」の同人になる。昭和十六年、東京帝国大学を繰上げ卒業。卒業論文は「魯迅」。太平洋戦争開戦。昭和十七年、日本出版文化協会に入社。昭和十八年、日本出版会に入社。昭和十九年、岸田常子と結婚。昭和二十一年(三十歳)、中等学校教科書株式会社（のち中教出版株式会社）に入社。第一詩集『雪つぶて』（赤坂書店）を刊行。昭和三十年（三十九歳）、第二詩集『逃げ水』（書肆ユリイカ）を刊行。昭和三十二年（四十一歳）、第三詩集『愛しあふ男女』（書肆ユリイカ）を刊行。昭和四十二年、「四季」（第四次）同人になる。昭和四十三年（五十二歳）、第四詩集『散ル木ノ葉』（思潮社）を刊行。関東短期大学講師となる。昭和四十六年（五十五歳）、第五詩集『山の奥』（思潮社）を刊行。昭和五十二年（六十一歳）、第六詩集『風毛と雨血』（思潮社）を刊行。昭和五十三年、関東短期大学教授となる。昭和五十九年、詩集『雪つぶて』（潮流社）を復刊。昭和六十一年（七十歳）、第七詩集『山居乱信』（潮流社）を刊行。昭和六十二年、関東短期大学を定年退職。平成三年、現代詩文庫『小山正孝詩集』（思潮社）を刊行。平成十一年（八十三歳）、第八詩集『十二月感泣集』（潮流社）を刊行。この詩集で翌年第七回丸山薫賞を受賞。平成十三年、日本現代詩人会より「先達詩人の顕彰」を受ける。平成十四年、肺炎にて死去、享年八十六歳であった。坂口昌明氏の大変な尽力により、潮流社から平成十六年に『感泣旅行覚え書』、『詩人薄命』が、平成十七年に『未刊ソネット集』、小説集『稚兒ヶ淵』が遺稿集として刊行される。さらに平成二十七年『小山正孝全詩集』が潮流社より刊行される。

小山正孝は、親元を離れ自由奔放に青春を謳歌するために、東京を遠く離れた弘前高等学校に進学したとされている。そしてこの頃からすでに本格的に文学を志していたようである。山東京伝に傾倒し、シュニッツラーの耽美的な白昼夢に心酔していた彼は、校友会誌に短編小説を発表。これらは堀辰雄に評価され、さらには高校雑誌評を書いていた杉浦明平にも認められ、「君は小説を書くより詩を書いた方がいい。」ということで立原道造を紹介されたとされる。小山が初めて立原に会ったのは昭和十三年の七月の帰省中であり、杉浦に伴われ立原の勤務する石本建築事務所を訪れたのである。二度目は旬日も経ずに、大森の室生犀星宅・魚眠洞で留守番をしていた彼を訪ねるのである。そして三回目が三か月後の十月に盛岡市の生々洞（画家深澤紅子の両親の別荘）に滞在中の立原を訪ねたのである。このたった三度の立原との邂逅が小山の運命を決定づけたと言ってもよい。彼は立原の詩の中に、自分の脆さを軽々と包容し、脱却させてくれた歌の翼を見出したのである。そして立原のソネットによって詩に目覚めた小山はこの時「感情の詩」を書こうと決意したと言われている。立原は小山のたった二歳年長であったが、その影響力は強烈であったのであろう。そこから離脱するのに何と二十年もの歳月を要したと彼は後に述懐している。

それでは第一詩集『雪つぶて』（昭和二十一年）から、「夏」という詩篇を読んでみよう。

夏

草々にかこまれて　あなたの顔はせまつて來た
おしろいが日に浮んで　日がしきりに　照りつけた

怒つてゐる事も　忘れたやうに　二人は爭つて
それから　僕は　だまつたまま　あなたを泣かしといた
夕方の風が來て　ほとりに　ふと　螢草を
あなたは　僕をふりかへつて　ほほ笑んだ
だけれど　星が出た頃まで　僕は答へなかつた

立原の影響のもとに詩を書き始めたにしては、この詩集には一篇のソネットも認められないのは不思議である。あたかもエピゴーネンと呼ばれることを回避したかのような意図を感じる。ところがよく見てみると、立原の分節ソネットのような空白がいくつも詩行に認められ、雰囲気がどことなく似ているのである。そして國中治が指摘しているように、立原が得意とした倒置法の一種である詩語の〈錯叙〉がここにややアルカイックな形で成立しているのである。しかも、内容的にはすでに小山氏独特の愛の隠微な駆け引きの萌芽が認められている。そしてこの第一詩集は、本人にとっても思い出深い作品集となったのではなかろうか、三十八年後に潮流社から復刊しているのである。そしてそのあとがきで先に引用した詩篇「夏」が集中一番早いものであることを明かしている。この作品は小山が室生犀星宅で立原に詩の批評を仰いだ折、立原が幾篇かの中から選んだ記念すべき作品なのである。立原は恐らくこの時、小山の詩の世界に自分と同質のものと異質なものを鋭く嗅ぎとったに違いない。そのことは立原が構想していた新しい詩誌「午前」に小山を勧誘していたことからも明らかなことのように思われる。また、この復刻版の扉には、小山の筆跡で「人言秋悲春更悲」の漢詩の一節が掲げられている。「人の言う秋悲し　されど春はさらに悲し」という意味で彼のお気に入りの言葉であったらしい。この言葉は北宋代の詩人、東坡居士蘇軾の詩から引用されている。本来であれば、「秋は人生の凋落の時　そして春は華やぐ青春」であるべきなのであろうが、彼にとって春はさらに悲しいとは一体どういうことを意味するのであろうか。これはぼくの推察に過ぎないのだが、青春の真っただ中に出会った立原と、三月（春）に死別したことを指しているような気がしてならないのである。つまり立原との別れの悲しみを思い出の第一詩集にあえて添えたのではなかろうか。

第二詩集『逃げ水』（昭和三十年）は、表紙に古茂田守介による裸婦像の石版画が描かれている。当時としては極めて斬新な装幀であったはずだ。五十九篇中三十七篇がソネットであり、その大半がいわゆる立原の分節ソネットの形式を採用している。ところが、高原の大気のように明るく透明な立原のソネットと似て非なる内容に人々は当惑を隠せなかったのではなかろうか。まずは「たとへこの室を」という詩を読んでみよう。

たとへこの室を

たとへこの室を暗くしてしまつたとしても
あの花だけはほんのりと壁の側で光るであらう
やがて散るであらう　お前のやうに
しづかな夜に　月もなく

遠い地點で戀しあつたことも
抱きあひながらにくみあつたことも
お前の美しい瞳に　ためらひながら
しづかな　くちづけしたことも

悪魔がどこかに居るのではないか
冬木立がはげしくゆれる日は
木の芽と木の芽とがするどくぶつかりあふといふ
私たちはいつも荒れてゐる

からだを潮のやうなものが流れ
わけもなく　私はお前におそひかかる

この詩は愛の詩というよりは性愛の詩と言った方がよいのではなかろうか。中学の同級生であった山崎剛太郎が小山の小説を評して「そこには私などが少女に対するプラトニックな薔薇の臭いにみちた思いなどとは、はっきり異なった、ある苦さ、けだるさ、悪道というようなもの、生の女の生理的な体臭に対して惹き起される欲情と嫌悪との矛盾した気持ちというようなものが感じられた」と語ったように、彼は詩の世界でも性愛を追及する孤独の道を選んだということが言えよう。新川和江が指摘しているように、この詩には「立原の詩には無い危険な愛、アン・モラルな愛のなま臭さが充満している」のである。

第三詩集『愛しあふ男女』(昭和三十二年)は、十三篇全篇がソネットで書かれており、各詩篇にはタイトルもノンブルの記載もない。この詩集には駒井哲郎の銅版画「樹木　ルドンの素描による」が挿入されているとのことだが、残念ながらぼくはこの詩集を所持していない。ともあれ、この詩集はタイトル通り、男女の愛を謳った小山文学のひとつの到達点と言ってよいだろう。その中から最も赤裸々に愛の交歓を謳った詩篇第十一葉を読んでみよう。

最後の時がやつて来るのは

お前の方が早いだらうか
私の方が早いだらうか
だるくまぶたを閉ざす時は

空に太陽が照りかがやき
すぎて行くのはあへぐ声ばかり
それがお前のを私が聞き
私のあへぐのをお前が聞いて

ぐるぐる廻る思ひ出の火
あれはガスだつた　薪のやうに見せかけて
めらめらもえあがつてからみついた火

だるくなつたまぶたを閉ざさないやうにして
お前の指をくちびるの中に入れ
私はいつまでもしやぶりつづける

小説と違って詩の世界は基本的にはリアリズムの世界である。性愛の詩を書くと言うことはかなり勇気のいることである。しかし、小山にとって肉体を除外した文学は、きれいごとの観念に過ぎず意味をなさないという強い自負があった。実際、思春期における性愛から生まれる欲動は人生を決定づけるほどの強いエネルギーを持つ。小山は「反社会的領域に押し込められ辱められているエロスを社会の真の動因と看破し」詩を書くことによって「情動と表象との敵対関係を打ち砕こうとした」と坂口昌明は鋭く分析している。換言すれば、「彼においての光明、理想とは、つまるところ恋愛感情を生命の最高次元の開化と捉え、そこに価値の至上権を置く詩人たること」であったと言えよう。

第四詩集『散ル木ノ葉』（昭和四十三年）は、約半数が詩集名と同じタイトルで書かれたソネット二十一篇と比較的長めの詩篇二十四篇からなる。ところがこのソネットは同じタイトルにもかかわらず、殆ど関連がないと言っても過言ではない。ちょっと不思議な詩集なのである。この詩集のあとソネットを書かなくなったことを考慮すれば、このタイトルはソネットからの決別を意味するのかもしれない。つまり第二詩集が「春」、第三詩集が「夏」、そしてこの第四詩集が「秋」を意味し、まるで枯葉のごとく、ソネットなる木の枝から離脱してゆく覚悟を表現したのではなかろうか。しかもこれらのソネットは、今までのものとはかなり異質の愛を表出しているように思われる。ソネットではないが、「二人の女が」という詩篇を読んでみよう。

二人の女が

二人の女がレインコートを着て立つてゐた
このむし暑いのに　二人は雨がふつてゐるとでも思つてゐるのか
レインコートをつたつてゐるのは雨ではない
たくさんのなめくぢの子供たちがまるくなりながら落ちてゐる
それは　きつと　彼女たちが同性愛にふけつてゐるからだ
二人の女は池の中の鯉に見入つてゐた
鯉は背びれをもり立てる
なめくぢを食べようとして　上からのしかかるつもりなのか
たくさんの鯉が集つて　背びれが水面の上にふくれ上つてゐた
緋鯉もまじつてゐるので
黒くなり　赤くなり　水色になつて　かき乱れた
興奮したからであらうか
汗でびつしよりになつたからであらうか
顔を見合せた時　二人とも泣いてゐるやうだつた
一人が自分の傘をいきなり鯉の群れの真中に突き刺した

もう一人も自分の傘を放り出した
水面が猛烈に乱れた
抱き合つた二人の女が飛び込んだ
なめくぢとレインコートが曇り空の下でもにぶく光つてゐた

これは同性愛をテーマにした詩と言ってよいと思うが、この他にも暴力や犯罪までも匂わす奇怪な、あるいは幻想的な様々な詩篇がこの詩集には登場してくる。いわば実験的な詩篇群と言ってもよいのかもしれない。氏はこれらの詩篇を書いていた頃、精神分析に興味を持ち、自由連想法と呼ばれる精神分析の一手法を詩に応用していた可能性があると長男の小山正見は指摘している。氏はそういった意味において、極めて前衛的な詩人とも言えるのではなかろうか。

第五詩集『山の奥』（昭和四十六年）は箱入りハードカバーのかなり立派な装幀である。しかも駒井哲郎の銅版画を二葉も挿画として添えている。作品は十八篇のみでソネットはこの詩集では一篇も見当たらない。一篇の行数が増え、一行の字数も増え、詩というよりも何故か散文に近い印象を受ける。内容も心理描写や情景描写が中心となり、詩としてはどことなく違和感を感じさせられる。しかし、それは作者の意図するところであったのかもしれない。自己の多重化や情景の俯瞰の仕方に独特な感覚を想起させられるからである。まずは三篇ある同名の詩篇「山の奥」の最初の詩篇を読んでみよう。

山の奥

僕の胸の中にはもう一人の僕がゐます
彼の胸の中にも　なほ　別の僕がゐます
山の奥には青い岩石の山がそびえ立ち
はるか彼方に瀧が流れ　白いしぶきをあげてゐます
緑の葉の上を日がすべり落ちて
すべての木はがつちりと根をはつてゐます
風が吹くと木の葉はゆれてゐます
僕が瀧に近づかうと思ひはじめた時
僕の胸の中のもう一人の僕も同じ思ひだつたのです
彼の胸の中にゐる別の僕もさう思つたのか
もう　ずつと先の道を行くのが見えます
しかも一人ではありません
無數の僕が　いろいろの方面への道を行くのが見えます
誰が誰だかわからない　たくさんの僕が現はれてゐるのです
強い風が吹き　あつと思つた瞬間

土けむりがあがり　すべての木が傾き
山の奥にそびえ立つてゐたあの青い岩石の山が裂けて　前に崩れはじめました
瀧は白い細い亂れた絲のやうになつて流れはじめました
僕が自分をたぐり寄せようとしても
無數の彼等は　ある者は血まみれになり
ある者は　岩と岩とにはさまれて　手足をあげたままでゐます
小さい口を天に向けてあいたままの者もゐます
困つたことになつたと　僕はもう一人の僕と顔を見合はせます
山の奥が　ふたたび靜けさをとりもどすのはいつのことだらう
無殘な自分について　それまで
僕は考へつづけなければならないらしい

この詩を読んでも分かるように、小山正孝の詩は心理描写が特異であり、小説的であるとも言える。このことは既に中村真一郎や山崎剛太郎らによって指摘されているものの、氏が最初詩ではなく小説を書いていたということは、ぼくにとっては少し意外であった。ならば何故小説家を断念したのであろうか。当時の弘前ではすでに太宰治はかなり有名であり、太宰のエピゴーネンになるのを危惧したからではないかと山崎は推察している。勿論その後、立原道造に邂逅することで彼の詩人への道は決定的となったと言ってもよいのである。

第六詩集『颪毛と雨血』（昭和五十二年）は十篇の詩と五篇の散文からなる詩文集といってもよい作品集だ。散文を含む詩集としての構成も特異的だが、漢詩の素養がなければなかなか理解が及ばないのは、ぼくにとっては少し難点である。まずはタイトル詩の1を読んでみよう。

颪毛と雨血

1

碧い空を突き抜けるものはない
果てしない草原

上昇する何かが
点のやうに見えてゐたが
飛び散つた
颪に舞ふおびただしい　毛
血のしたたりが　その中から

言葉そのものは極めて平易なのだが、そのイメージが意図するところをつかむのが中々容易でないと言える。タイトルは班固の「西都賦」にみえる「毛は風に吹き飛び血は雨となって降り野に注ぎ天を覆う」に借りており、「風毛は自然の猛威と植物の生命の息吹を」「雨血は」「民の嘆きを象徴しているかに思われる」と坂口昌明は分析している。小山は東京帝国大学の支那文学科を卒業しており、『唐代詩集上』における杜甫の口語訳も担当するなど、漢詩に精通していたことは周知のことである。漢詩が好きで中国文学を専攻したと常子さんのエッセイには書かれていたが、よく考えてみれば、漢詩は五言・七言の絶句や律詩で書かれており、定型詩であり、いわば東洋のソネットと言ってもよいのかもしれない。そしてこれまで小山の詩集を飾ってきた石版画や銅版画も黒一色で、中国の山水画に通じるものがある。矢張り好みというものはどこかで根っこが繋がっているような気がするから不思議である。散文では「盆景記」という作品があるが、ここで盆景について詳しく解説している。盆景とは、お盆の上に土や砂、石、苔や草などを配置して自然の景色を作り、それを鑑賞する中国や日本の趣味、伝統芸術であると言われている。彼の父正一は潭水と号し、盆景神泉流家元であり、日本近代盆景の実作・理論の第一人者であったらしい。正孝が小さい頃、家中の至る所にこの盆景が飾ってあったということだ。氏の自然を俯瞰する眼差しが詩中の随所に散見されるが、これらは盆景の影響だと指摘されている点も、容易に頷けるのではなかろうか。

第七詩集『山居乱信』(昭和六十一年)は正孝七十歳の刊行である。これまでのある意味実験的作風と違い、日々の暮らしをモチーフにした作品が多い。例えば次のような詩篇である。

カバン

砂浜にカバンを置いて
僕は波打際まで歩いて行つた
しやがんで波の寄せて来るのを眺めた
目に射し込む西日の色
気になつて僕はカバンの方をふりむく
やや離れた場所に小さい黒い姿が見えた
時間がすぎると　あたりの様相は変化しはじめた
立ちあがつて　僕はカバンの所に行つた
しかし　カバンは無かつた
さつきふりむいてカバンを確認した場所には
カバンは無い　それは流木であつた
方向と距離の誤認
くらがりがすでに海岸いつぱいにひろがりはじめ

砂粒のやうに重くのしかかつた
そこらをさがしてみたのだが
種播く姿勢で動いてみたのだが
僕は僕のカバンを見失つた

常子さんのエッセイ集には、正孝が好きなものは、古本屋、都会の街なみ、浅草、ボンソワール、イルミネーション。そして花鳥風月よりも何よりも「人」を愛した。と書かれているが、その後「朔」百七十三号に新たに書かれたエッセイでは、餡饅とカバンが追加されている。カバンは好きというよりも、大好きな本を入れる必需品であったらしい。カバンだけは自分で見立てて買ってくるのだが、いつも布製の実用本位だけの代物で、その拘りは最後まで頑として貫き通したようだ。この詩はその大切な大切なカバンを見失う詩である。この詩には、そろそろ初老の齢に達した人間に訪れる、どうしようもなく不条理な喪失感のようなものが感じられてしかたがない。

第八詩集『十二月感泣集』(平成十一年)は小山正孝八十三歳の刊行で、生前最後の詩集となる。この詩集は小山文学のあらゆる魅力が凝縮されており、最高峰に位置すると言ってよいのではなかろうか。これまで無冠の帝王であった小山が、丸山薫賞を快く受諾したのは丸山を敬愛していたからに他ならない。賞の選考委員の一人であった新川和江は受賞記事の感想で「匂いやかにふくらむ日本語。企んで、企まざるごとく見せる構成のこころ憎いみごとさ。円熟の極致にありながら、尚ういういしくあることの不思議。詩も文芸であることを、久しぶりに思い出させてくれた詩集」と絶賛している。老いて尚、男女の心の機微を鋭く表現し得た「一瞬」という作品を紹介してみよう。

一瞬

あなたはカマキリの首をつまんで僕の方にさし出した
いたづらつぽい目をしてくちびるをとがらせて
僕にカマキリを見せた
茶色に緑の線のある細長いカマキリ
下腹をもだえて動かしてゐた
すべての足をさかんに動かしてゐた
「そんなものすててしまひなさい」
僕に言はれて　あなたはすぐに草の上にそれを投げた
二人は無言で足早に歩きつづけた
大きい白い月が正面に出て

強烈なつめたい光が僕たちに向つてゐた
さつき見た事で僕は非常に怒つてゐた
カマキリの小さい三角の顔があなたに向つて笑ひかけ
その一方で彼の反面は僕を冷笑してゐた
身もだえながらも勝つたと言つてゐた
一瞬といへど三角関係の成立を僕は許せなかつた

醜い虫にさえ、一瞬の三角関係も許せないとは、これは恐ろしいまでの嫉妬の詩である。「一種のねじれた愛の表現」なのである。そして常子さんがこの詩を気に入ったように、「長い小説が潜んでいるような」詩なのである。八十歳を過ぎてこのような激しい心理の葛藤を表現できることは正直ぼくにとっては驚きである。

生前に上梓された詩集は以上の八詩集である。死後、坂口昌明の大変な尽力でこれまで未発表の詩篇が『未刊ソネット集』（平成十七年）として刊行されているが、この中には既刊詩集に収められたソネット七十一篇を大きく上回る百四篇のソネットが含まれている。これら未発表のソネットには発表された作品に劣らず優れた詩篇が数多く散見される。ならば何故発表されなかったのであろうか。坂口は「おそらく全体を通じての主題の赤裸々な性格、愛の感情が直接に表現されている、そのあからさまな特徴それ自体に由来する作者の迷い」のためであろうと推察している。それではこれらの中から、常子さんに書かれたと思う究極の愛の詩を最後に一篇読んでみよう。未刊であるためか題はついていない。

誰が一番好きかと聞かれたら
お前が好きだと答へよう
白い　うすい　ネツカチーフを
首の所からのぞかせて

しのび笑ひをして　その身を
よぢらせるやうにしてゐるお前が
一番　好きだと　答へよう
さうして　お前の目に見入らう

私の氣持が　いつまでも
きつと　變らないことを
はつきりと　口に　出して　言はう

髪の毛の　黒い流れに
私の　唇を　急に　近づけよう
私は　お前を　抱きしめよう

それにしてもなんと直截な愛の表現であろうか。普通であれば、書いている本人でさえ赤面してしまう愛の詩を小山は何の衒いもなく正直に表している。小山が常子さんと結婚したのは戦前の昭和十九年である。彼女の父は小児科の開業医で、彼女には婚約者がおり、二週間後には結婚式を挙げる段取りまでついていたのである。まるで略奪婚のような激しい愛の成就である。当初、彼女の父は相当に怒ったはずである。彼女を監禁してまで引き離そうとしたからである。二人は何とか愛を貫き通し結婚することができたのではあるが、恋愛というものは結局は恐ろしくエゴイスティックなものであると常子さんは述懐している。当然当初は親の援助は何もなく、二人は貧しいながらも、淡々と愛の暮らしを育んでいったようだ。しかしそれでも常子さんの一生は本当に幸せなものであったのに違いない。正孝が生きている間は勿論、亡くなった後も彼の作品が彼女の心を癒し続けたからである。

小山正孝の詩における最大の功績は、先にも述べたように、詩におけるエロスの地位を正当なものに復権させたことである。しかもそれをソネットという定型詩で実践したことである。小山の詩は美しい観念の詩ではない。生身の肉体を持った詩人の内的心情の表出である。渡邊啓史が、立原道造の歌った抒情を「遠方の抒情」と呼ぶならば、小山のそれを「灰色の抒情」と呼んだのは卓見である。また、小山の抒情は単に愛に終始した訳ではない。後年、人間のあらゆる感情を、たとえそれが反社会的行為であれ、言及し、活写し、詩化したのである。それは小山があくまでも人間そのものをこよなく愛したからである。人間の善も悪も全てひっくるめて愛したからである。ぼくはこれまで、小山正孝を典型的な四季派の詩人だとばかり思ってきた。とんだ誤解である。小山正孝の詩ほど多面的な詩はないのである。

冒頭でも少し述べたが、常子さんが坂口昌明氏の勧めで「朔」の同人になられたのは平成十九年からである。ぼくはその二年後に同人にしていただいた。平成二十六年一月末に刊行したぼくの初の評論集『詩人のポケット』を彼女に送らせていただくと、なんと一月三十一日の日付で早速便箋三枚にもわたる鄭重なお礼の手紙を頂いたのである。そこには身に余るお言葉と、小山正見氏の知人で俳人の高橋博夫氏がぼくの黒田三郎論を褒めておられたので最初に読んだこと、さらに続けて圓子哲雄論を読まれて、若い頃旦那様と一緒に旅館「石田家」に泊まった折、そこで若かりし頃の圓子氏に初めて会われた思い出などが、九十三歳とは思われないしっかりとした流麗な筆使いで綴られていた。お手紙を頂いて有頂天になっていたぼくは、三月二十三日に常子さんが逝去されていたことを全く知らなかった。三月二十七日の朔通信で初めて知り、愕然としたのである。なんと二月の初めに体調を崩され、いったんは回復されたものの、そのまま老衰で亡くなられたと正見氏のお手紙には書かれていた。尊厳死協会の会員だった常子さんは、自分の死に臨んで決然と延命措置を拒まれたそうだ。一刻も早く夫の元に向かいたかったのであろうか。彼に会って、生前には照れくさくて中々言えなかった、愛してくれて「ありがとう」のその一言を早く伝えたかったのであろうか。具合の悪い常子さんの枕元には読みかけであった拙書『詩人のポケット』が置いてあったと、正見氏から後で頂いたメールには書かれてあった。それを読んだとき、ぼくは何故か熱いものが胸に込み上げてきてどうしようもなかった。矢張りぼくにとっての小山正孝論も、常子さん抜きでは到底考えられない、そんなふうにぼくはきっぱりと思うのだった。

イノセントで誠実な詩人小柳玲子

とかく詩人には、奇人変人が昔から多い中、小柳玲子ほど著名な詩人でありながら、謙虚で飾らない詩人も珍しいと思う。平成十六年の日本詩人クラブ例会で、氏は「黒部節子を語る」という演題名で講演をおこなったのであるが、詩友の長嶋南子は演者紹介で、氏のことをイノセントで誠実な詩人と評しておられた。さらに無垢な心を持つがゆえに、そこには一種独特なオーラが発せられ、そのオーラに吸い寄せられるように、多くの得難い才能が集ってきたのではなかろうかと述べている。またその才能は、詩だけではなく生業の画廊でも遺憾なく発揮され、「夢人館シリーズ」という画集の新企画で、多くの埋もれた天才を発掘したのも氏の大きな功績の一つであろう。

さて、ぼくが初めて小柳玲子の名前を強く意識したのは十数年前になるが、大好きな詩人小野連司の作品集に、頻回にその名前を認めたからである。例えば、昭和四十六年発行の『鰻屋闇物語』には「多感な鰻」として、四十九年発行の『鮎料理旅物語』には「アユとイワシ」で、五十二年発行の『樽谷盛衰記』には「一枚の彩色画から」に登場している。しかもその内容は、おざなりのオマージュ詩ではなく小柳氏の詩篇については勿論のこと、経歴から家族構成まで詳細に語られており、正に心酔一入なのである。小野詩の世界は、結核療養所に隔絶された人生とは思えないほど自由奔放で楽しい。作品の九割が本当らしい虚構だというのも喝采だ。また詩の中で、小柳詩の作詩法に触れている個所があり、彼女の詩は大部分が散文詩形態をとっているが、これらはジェームス・ジョイスの「意識の流れ」からきていると指摘し、いわば日常と非日常の境界線の彷徨が小柳詩の魅力なのだと述べている。これは超一級の評論であり、すでに小柳詩の核心を見事に分析しているようにぼくには思える。

ところで、小柳氏は送られてきた詩書は全てきちんと目を通し、捨てられないというから驚きだ。その蔵書の数は恐らくは数万冊にも達し、家屋は崩落の危機に曝されているに違いない。そしてそれらすべての謹呈書に返事を書くことは物理的にも時間的にも相当困難だと思われるのに、なんとぼくの初の評論集『詩人のポケット』に半年以上も経ったある日、長々としたためたお礼状をくださったのである。本当に腰を抜かすほど吃驚したのは言うまでもない。そしてその内容にはさらに驚かされることになる。ぼくが取り上げた詩人の中で、氏がある時期親しく交流をされたのは、井川博年さんと黒田三郎さんだけだということなのだが、ほとんど何の接点もないのに心惹かれているのは中村俊亮さんで、この詩人の霞のような思い出をぼくに書き送っておきたかったというのである。氏は中村詩を何かの詩誌で二度読んだことがあり、最初は二十歳をちょっと過ぎたあたりで、詩が書けないスランプに突入している時期でもあり、「ああ、これが青春だ、そしてその青春はすでに私から遠くなろうとしている」という切ない気持ちで読んだというのである。そしてその後十年ばかり詩から遠ざかっていたのであるが、再び中村詩に出会ったのが三十歳目前の頃であり、その時読んだ彼の詩に啓発され、再び詩を書いてゆこうと決意されたというから吃驚仰天。ぼくの評論集の第一行目は、「ぼくが未だに詩の世界に取り憑かれているのは、もしかしたら詩人中村俊亮のお蔭かもしれない。」で始まるのである。少し大げさになってしまうが、中村俊亮を通して小柳さんとぼくの詩的人生は始まったとも言えるわけで、不遜にもぼくはそこに不思議な縁を感じたのである。そして、その中村氏の記念すべき詩篇には「ユキに」という献辞が付けられており、近年この詩に関するエッセイをどこかの詩誌で、胸が痛いほど懐かしい思いで読んだというのである。もしかしたらその文章を書かれたのは、あなたでしょうかという問い合わせなのである。残念ながらぼくが書いた文章ではなかった。そしてその旨を手紙に書いて送り、ぼくはすっかりこの出来事を忘れかけていたある日、氏から二度目のお手紙を頂いたのである。ご主人が亡くなられ娘さんと一緒に住むことになったので、自宅を改造して整理していたところ、件の中村俊亮の詩篇「ウェスタン（由紀の歌）」が掲載された冊子がひょっこりと出てきたと言うのである。そしてなんと律儀にも、そのコピーを送ってきてくれたのである。そのエッセイは、青木紀幸氏が書いた「遠い詩との再会」という文章であった。このエピソード一つを取ってみても、いかに小柳氏が生真面目に謙虚に、周りの人々と関わりを持ってきたかが窺い知れるのではなかろうか。前口上が少し長くなってしまったが、それでは氏の簡単な略歴から紹介してみよう。

昭和十年、東京郊外多摩川の流域に生まれる。父は数学者、母は下町商家の出であった。兄弟は妹一人。幼い日から大学英米文学科まで、学校生活の殆どを青山学院で送る。昭和三十年（二十歳）から二年ほど川井雅子の筆名で詩誌「ロシナンテ」に参加。その後詩作より遠のく。昭和三十三年（二十三歳）結婚し、二児の母となる。昭和三十九年（二十九歳）日本橋に「ときわ画廊」を開設し現代美術を扱う。昭和四十一年、第一詩集『見えているもの』上梓。昭和四十四年、第二詩集『多感な地上』上梓。昭和五十一年、第三詩集『芦の里から』上梓。昭和五十五年、第四詩集『叔母さんの家』で第六回地球賞受賞。昭和五十八年、第五詩集『月夜の仕事』上梓。昭和六十二年から平成二十一年まで、アトリエ夢人館を開設して美術書の出版を開始する。この間、画集夢人館シリーズ十巻を上梓。平成元年、第六詩集『黄泉のうさぎ』を上梓、翌年同詩集で第二十三回日本詩人クラブ賞受賞。平成五年、第七詩集『雲ヶ丘伝説』を上梓。平成九年、第八詩集『こどもの領分』上梓。平成十一年、第九詩集『西に住むひと』上梓。平成十六年、第十詩集『為永さんの庭』上梓、同年エッセイ集『サンチョ・パンサの行方　私の愛した詩人たちの思い出』上梓。平成十九年、第十一詩集『夜の小さな標』を上梓、翌年同詩集で第二十六回現代詩人賞受賞。平成二十三年、第十二詩集『さんま夕焼け』上梓。平成二十五年、第十三詩集『簡易アパート』上梓。令和元年、第十四詩集『夜あけの月が』上梓。

兎に角平平凡凡な子に育って欲しいという母親の願いに逆らって、氏が密かに詩らしきものを書き始めたのは高校生の頃である。受験雑誌に友達の名前で投稿すると一席入選して大騒ぎになったり、「文章倶楽部」という「現代詩手帖」の前身にあたる雑誌に妹の名（川井雅子）で投稿して入選したり、既にその才能は高い評価を受けていたものの、何しろ姓名詐称でのデビュウであったため、思いがけずもそこに十年間のブランクが生じてしまった。前述したように新たな再出発を果たしたのは何と三十歳目前であったのである。

第一詩集『見えているもの』（昭和四十一年・現代詩工房）を上梓したのは、三十一歳である。本人は、この詩集はあらゆる意味で失敗作であったと後に述懐しているが、本当にそうであろうか。「出発」という詩篇をまずは読んでみよう。

出発

近所の子とは遊べなかった
石けり　出来ず
なわとび　跳べず
仲間に入れてもらいたくて
のそのそ
子供の群について歩き
いつも木戸をしめられて帰って来た

それがわたしの始まりです

先生に好かれたくて
級長さんやきれいな同級生に
みっともない程　憧れて
その誰とも口ひとつきけなかった
おゆうぎ　いつもテンポがおくれ
ビリの子にもウスバカとおもわれ

それがわたしの学校です

父はお金持で　母は美しかった
ピアノやスキーをならわせてもらった
ホテルや別荘で
自動車ものった　ドレスも着た
どれもわたしになじまないで気恥しく

一日　海へも行かず　ロビーへも出ず
コロコロと笑える令嬢達が
季節を楽しむ青年達が
——やはり　羨ましかった

それがわたしの家です

ある日　小さな道をみつけた
急に風景がひらけて
ぐんぐんと深い坂を下った
葉群がさわぎ　かゞむと名も知らぬ
むすうの芽吹きが胸のうちまで匂うのだった

私の貧しい詩です

思い出話に花が咲くと
みんな話すのだった

なわとびしたわ　級長だったの
軽井沢でテニスもしたわ
わたしはにこにこ笑っているけれど
わたしに幼い日が帰って来ても
やはりわたしはなわとびはしない
おゆうぎは下手で
羨しいけど　決して　決して
みんなと一緒にコロコロ笑ったりはしない

わたしの前に
とざされてゆく　無数の
ひらべったい木戸
その生々しい音に
傷つきながら
ひとり
深い坂をおりるだろう

この詩は、正に小柳氏の人生そのものを象徴しているようにぼくには思える。小さな道、そしてその深い坂を下ったところにあるもの、それがなんと図らずも氏が人生の大半をかけて追い求めてゆくことになった「詩」そのものなのである。傷つきながらも孤独に耐え、果敢に立ち向かうその姿は、詩人として生きてゆく確固たる決意表明ととっても間違いはない。詩形にも入念な工夫が見られ、とても失敗作と卑下する作品とは思えないのである。

第二詩集『多感な地上』(昭和四十四年・現代詩工房)は、三十四歳での刊行であるが、あとがきのノオトを読むと「この限りなく私的な現実ともっと高次元であるべき詩とがどういう形で混じり合っているか　それを観察し克明に写していくのが三年間の仕事であった」と述べているように、詩に対するさらなる熱い想いに溢れている。装幀にも工夫が見られ、横長の上製本に真っ赤な箱は、とても洗練された印象を受ける。それではタイトル詩の「多感な地上」を読んでみよう。

多感な地上

空はうすぬりで
かわいていた
地平線にそって

男は自転車を走らせ
物語はもう始まっている
靴――非常に白い靴は
地上に乱れ
私の令嬢は
閑雅であった
言葉のない午後
空はかわき
靴たちは
ブロンドの髪を
なびかせ
物語はすすみ
私の令嬢は
ろうざいくであった

＊

浅原清隆という夭折したアヴァンギャルドの画家の絵を私は三枚だけ識っている。その美しい未亡人と親しかったため見せて貰ったのだ。「多感な地上」というのはその一枚である。彼女と時折　テニスコオト沿いの路を歩く。それから西日の濃い坂の下で私達は別れる。別れる一瞬　私は彼女の遠い　茶色の瞳を見る。すると私は突然わかってしまうのだ。彼女が見ているものが　この私ではなく一枚の絵だということが。

あの「多感な地上」の白い靴や「郷愁」の流木だということが。変な時　泣く癖のある私は　急に胸が苦しくなる。泪なんか流行らない。センチメンタルは追放なのだ。と私は言いきかせるのだが　私の生《なま》のからだはおかまいなしに泣くのだ。さようなら　美しい私の貴婦人。私には泣きたい時に泣かせて下

さい。あんなドライな絵の作家だって　戦死
する時　痛く　烈しく　泣いたと思う。

＊

かがやかしい真昼を降りていく
と
深いひかりの割れ目に
うずもれている
靴のひとつ

――「郷愁」

小柳氏が生業である現代絵画を扱う画廊を始めたのが二十九歳の時である。詩作を本格的に再開した時期と重なるのもちょっと意外な感じがする。しかし、この詩篇も絵に関連しており、造形芸術、特に前衛的な絵画には詩心を激しく揺さぶるトリガーのようなものが存在すると考えれば、それほど不思議な事でもないのであろう。氏はあくまでも静かな筆致で、しかも克明に心理の流れを辿るのであるが、詩中においても感極まって泪に暮れてしまうのだ。それは詩

中の人物の心に詩人として感情移入してしまうからに他ならない。詩の内容はそれほど前衛を意識したものではないが、行分け詩の間に散文詩を配する詩形は、何気ないように書かれてはいるものの、とても新鮮な感じがする。

ところで、氏にとって画廊は絵画好きが昂じて始めた仕事ではないようだ。「画廊事始め」という文章に詳細に書かれてあるのだが、何と母親が「あなたもギャラリーの女主人になれます」というキャッチコピーを真に受けて、業者に建設を発注してしまったところから始まったらしい。臨月間近の氏は開いた口が塞がらないほど驚いたであろう。ところが、ときわ画廊で三十三年間、夢人館で十五年間、あしかけ半世紀もの間美術の仕事に携わることになるのだから、人生これまた不思議なものである。平凡が一番と、小さい頃からあらゆる御稽古事を、母親から遠ざけられていたにもかかわらず、その母親から図らずもこれほど大きな置き土産つまり、生業を与えられることになるのだから。

第三詩集『芦の里から』（昭和五十一年・花神社）は第二十七回H氏賞の候補にもなった詩集であるが、残念ながらぼくは所持しておらず未見なのである。

第四詩集『叔母さんの家』（昭和五十五年・駒込書房）は、赤と黒を基調にした詩集である。あとがきによれば、重く執拗な夢の闇から這い出すために、徹底したリアリズムの手法に依って書いたとあるが、どうやらその悪夢からは抜け出せず、さらに深みへと迷い込んでいったようだ。タイトル詩「叔母さんの家」の後半を読んでみよう。

叔母さんの家

（前略）　日が経つにつれ私の哀しみは深くなっていった。私は自分があのような美しいものから遠く隔てられた存在であることを傷みと一緒に思い知らされていた。思えば私くらいあらゆる才能あらゆる魅力から見放されて生れて来たものは少なかった。嘉樹や美しい少年は生涯私と無縁だろう。私は芥や石ころのようなものに違いない。ただ美しいものを感じる心だけが――この苦しい才能だけが人一倍私に恵まれていた。私は時にこの才能をもてあましたが、それでもあの見つかる筈のない家を探しながらいつの日かきっとお前たちを私の手でこの世に再現してやろうなどと大それた誓いをしたのではなかったか。私が曲りなりにも詩を書いた、それが理由だったのではなかったか。

いまは「叔母さんの家」へ行くことが出来る。それはある種の哀しみから築かれているので透きとおり、幽かに冥界の匂いがする。運のいい日は、バルコニーや庭先で「おいでよ」と呼ぶ彼の澄んだ声を聴くことが出来る。彼も嘉樹もその面影のどんな僅かな断片すら思い出せなくなって久しいが、美しいものたちが響きあう音色が私の裡をめぐり誘ない合うのをいまは聴くことが出来る。

美しいもの、それはこの現実だけに存在するものではない。冥界にも、そして夢魔の世界の奥底にも横たわっている。そしてそれらは掬い上げられるのを今か今かとじっと待ち続けているのである。小柳氏は、彼らの叫びを鋭敏に聞き分ける特殊な才能を持っているような気がする。つまりはそれらを詳細に再現させてあげることが、氏にとっての詩作と言えるのではなかろうか。そしてこの詩集は、第六回地球賞を受賞している。

第五詩集『月夜の仕事』(昭和五十八年・花神社)は、重い結核に侵された幼い少女の鬼気迫る回顧録でもある。厳しい戦時下の食糧難で、父の故郷に疎開することになるのだが、「風の谷」という詩篇の後半はあまりにも悲痛である。

風の谷

(前略)

空襲の終った朝、父は隣町へ出ていった。被災者に配られる蒸しパンを一かたまり手に入れてきた。湯気のたっているパンを私の枕もとで半分に分けた。大きいほうの一片を私に与え、残りの半分を自分が食べた。三口ほどできれいに平らげてしまった。

熱と悪寒のため私は食べることができなかった。

「熱がさがるまで、とっておこうね。」と父は言った。しかし父にはそれができなかった。殆んど聞きとれない言い訳の言葉をつぶやいて、父は私のパンの半分を口に入れた。それから、さらに残りの全部をほおばった。一分とかからなかった。その二、三日、かぶの葉と一切の干し魚しか入っていなかった父の胃の腑に蒸しパンは小さすぎたのだ。最後のパンが喉を通っていく時、たとえようもなく悲しげに父は泣いた。


（後略）

そしてこのような哀しい出来事があってから父は、二度と足を踏み入れないと固く決心したはずの故郷「風の谷」に、断腸の思いで疎開することにしたのである。

第六詩集『黄泉のうさぎ』（平成元年・花神社）は、疎開先での悪夢のような生活を、克明に緻密な描写で書き上げた秀作である。前詩集と同名の「風の谷」を読んでみよう。

——風の谷

父と私と、「風の谷」と呼ばれる里へ逃げていった。戦火と飢えに追われて、小児結核の私を抱えた父は、何よりも烈しく嫌悪していた自分の故郷へ、避難するより他の道がなかった。母は愛人の許へ行ったまま帰っては来なかった。当時家族が離れればなれに暮すのが不審に思われなかっただけ、幸いというものだった。

「風の谷」は父の一族だけで婚姻が繰り返され、もうその頃では畸型でない者は数えるほどしかいなかった。子供はみな三歳を待たずに死んでいったので、私には父方の従兄弟というものがなかった。父にしてからが聴力をほとんど失っていた。

三十人を越す一族は敷地の東西に数人ずつかたまって起き伏しして

いるようすだった。父と私にあてがわれた土蔵は北の奥、杉の林が背後から続く辺りだった。干し草と鶏の臭いが大気いちめんに流れていた。土蔵の小さい窓を、「風の谷」のうすい太陽が束の間通り過ぎ、またたく間に夜が来た。やつれた月は長い時間をかけて、吐息のように過ぎていくのだった。

昏睡したまま土蔵に運ばれた私は、「風の谷」の誰とも逢うことがなかった。敗戦がきて、そこを去るまでの短い歳月、私は月の光とかぼちゃの多い雑炊、つるべ井戸の音、そんなもの達としか逢わなかった。

しかしまた、私は「風の谷」の誰とも親しかった。数十年たった今でも、もし遠い世で彼らを見かけたら、間違えることはないだろう。夜ふけ十一時にきまってキャベツを煮はじめる、すでに死んだ祖母のならわしまで私は知っていた。また土蔵の壁や床に現れる、半分人間のようなもの、けむりのようなもの達とも親しかった。彼らは暗がりから舌や指をのぞかせては、長いお喋りに余念がなかった。そしていつの間にか、鉛筆や匙の姿になって机の上にころがっているのだった。

この詩集は、戦争という極限の環境下にありながら、当時死病とまで言われた小児結核に罹患し、黄泉の国のうさぎを友としながらも生き延びた少女の魂の記録である。詩におけるリアリズムが、これ程までに昇華され圧倒的衝撃力をもって迫ってくるとは、正直ぼくにとっては驚き以外の何物でもなかった。正に詩でなければ表現し得ない何かが、この詩集にはあり、あきらかに小柳詩のひとつの到達点となったといえる。氏にとってもこの詩集で第二十三回日本詩人クラブ賞を受賞したことは、励みにもなり大きな自信にも繋がったに違いない。

第七詩集『雲ヶ丘伝説』（平成五年・思潮社）は、表紙や扉にゾンネンシュターンの絵が使われ、装いを新たにした感がある。内容もあたかも架空の物語のように仕立ててあるが、ここに登場してくる事件は全て現実にあったことだという。リアリティの再構築と言える。「雲ヶ丘へ」の一節を読んでみよう。

雲ヶ丘へ

（前略）

いま出てきたブラバンの石の家に　戻ろうかと私は思った
しかし「雲ヶ丘へ」と石原吉郎はいった
彼だって好きではなかった雲ヶ丘へ
あそこは私たちのいびつな心に似合っている
住む場所はあそこしかなく
ごらんなさい　死の後もあそこにいます
ごく少しらくになりましたがね
彼は幼いものをからかう時の　やさしい笑いを浮べた
「なにがそんなにいやだったの?
田中恭美の冤罪事件ですか
それとも　もしかして僕のことかな　あなたにあれこれの汚名を着
せたものね
若い詩人が苦しみながら死んでいった　みんな無名詩人の墓に　葬
られていった　あれがこたえましたか
まさかにぎり飯事件のことじゃないでしょう?
あなたはにぎり飯を食べたとののしられてグループを追い出された
じゃありませんか　でも笑っていましたよね

あの時だけはあなたを見直したくらいです」
彼はその幼稚な事件がおかしかったのか　珍しく声を出して笑った

（後略）

この詩は、小柳氏が最も愛し尊敬した詩人石原吉郎との思い出に触れたものだが、石原氏との関わりは、「文章倶楽部」の同期投稿者、詩誌「ロシナンテ」の同人からの出発なので、お互いに特別の感情があったであろうことは想像に難くない。後年氏は、『サンチョ・パンサの行方』というエッセイ集を上梓することになるのだが、この著書の大半は石原吉郎論で占められている。参考文献は、詩人自身の詩集と所属詩誌だけで、他者の書いた詩人論及び詩論は心の中から一掃して、詩人と二人だけで向き合い、静謐のうちに書きあげたというだけあって、この詩人論は他に類をみないほどの圧倒的リアリティを有している。他に黒部節子、杉克彦、水沼靖夫、北森彩子などに触れているが、作者が直接見聞きしたことを基に書いているため、驚くほどの臨場感がある。詩という魔物に取り憑かれた詩人たちの喜びも悲しみも見事に描出し得た珠玉の詩人論である。

第八詩集『こどもの領分』（平成九年・花神社）には、様々な動物が出現する。タイトルは「こどもの領分」とあるが、どちらかといえば、ちょっと毒を含んだ大人の童話とも読み取れる。

「ブタの花嫁」を読んでみよう。

ブタの花嫁
——ゾンネンシュターンのこと

リトアニアの寒村　クネッカーゼで
十九世紀の末　彼は生まれた　ほんとだろうか
父は飲んだくれの郵便夫　母は旅芸人だった
これも怪しい
十歳の時はもう酒をがぶ飲み　近所の鼻つまみもの　黒い羊だった
木の上に隠れ　女の子におしっこをかけるのが趣味だったので
まあ当り前か
十四歳で感化院　逃亡してサーカス団に入る
結構上手な喜劇役者だった　これはほんとだ
ある年　男色の農夫に追いかけられた
二階から飛び降りて逃げたが　恨まれて泥棒の汚名をきてしまう
刑務所へ

第一次大戦始まる　精神病者の真似をして兵役をまぬがれる
ほんとうだろうか
ノイシュタット精神病院では　隣ベッドの狂人が彼に絵の描き方を
伝授する
五十五歳のある日　空腹と病魔にさいなまれながら
彼は突然色鉛筆を握る
ブタの花嫁と涙をこぼす馬を描く　ブタには花を
馬にはリボンを飾ってやる
デブデブ天使にはトントントンちゃんという名前をつけてやる
扉を叩くトントンのことだ　変な博士と変な花婿も描いてやる
二十世紀の美術史を彩る異色の画家——太陽星帝王はこうして生ま
れてしまった　ほんとなんだ

（後略）

この詩は氏が大好きな画家、ゾンネンシュターンに捧げた作品である。前詩集の表紙や自身のホームページの壁紙にこの画家の絵が使われている。氏は前述したように、画廊を経営する傍ら夢人館シリーズとして十巻の画集を手掛けている。名前だけ列挙してみると、フンデルトワッサー、ニカラグア　ナイーフ、フリーダ・カーロ、長谷川潾二郎、フェルナン・クノップフ、ゾンネンシュターン、メンデルスゾーン、リチャード・ダッド、ジャン・デルヴィル、リヒャルト・エルツェの十人になるのだが、この中で音楽家のメンデルスゾーンを除いて、ぼくにはあまりなじみがない。それほど小柳氏は埋もれた天才を発掘する天才なのである。天才が放つオーラを敏感に感受する才能の持ち主と言ってもよい。氏が画集を発刊してから、フリーダ・カーロが日本でもＴＶで大きく取り上げられたのは今でも鮮烈な記憶として残っている。

第九詩集『西に住むひと』（平成十一年・夢人館）には、西方浄土に旅立った多くの知人が登場するが、中原中也と同棲していた長谷川泰子もその一人だ。その詩篇「壁の中のひと」は延々と彼女の独白が続く。

壁の中のひと

（前略）

あなた、そういえば詩を書いているんだったわね。誰だったかそういってたもの。先生は誰？　オサダ？　長田恒雄？　ええ知ってますよ。うちの中原も長生きしてたら、先生ってものになってたかしら。変なものね。あの人、「どこにいるの」っていってたの。

たったさっきよ。あの人はドアの所にいたわ。私には彼が見えるの。暗くても見えるの。あの人は三日月のようなものだから。つまらないことよく覚えてて、このドアの、この真鍮のノブは私とあの人が生活していた、下宿に付いていたっていうの。ノブのなかに歯刷子みたいな曇りがあるって。私急いでノブを見たら、へんね、急にドアが開いて、あなたの部屋にでちゃったの。この辺りに向こうの国からの通路があるのね、きっと。サイレンが鳴っているわね。サイレンてどうしてかしら、とても懐かしい感じ。あの人、サイレンの詩を書いたものなの。あなた、読んでやってね、時々。誰かがあの人の詩を読む時、あの人は確かにそこにいるの。そういう決まりなのよ、宇宙ってね。私のようにきりもなく死んでいって、もう誰からも見えなくなる人もいるし。いろいろよね。書かれたものって、みんな嘘、アホらしいって、私思ってたけど、年をとった嘘ってているの間にか真実《ほんと》になっているの。「どこにいるの」ってあの人がいったの。あの人はもう三日月みたいな形で空の中にいて、私は何回も何回も死んでいくの。いままでは私って三日月の中のほんの小さい影、傷みたいなものよ。変なものね。あの人、凝りもせずに呼んでいるの、泰子、泰子って。「泰子、いまこそは、しずかに一緒に、をりましょう」　私はもう消えかかっているのに、おかしいったらないの。

夢人館通信15で花田英三は「ユーモラスな口寄せ巫女」と題してこの詩集の書評を書いているが、その中で「たのしい追悼詩なんてそうそうあるもんじゃないが、彼女は一人一人相手に合わせて口寄せし蘇らせてたのしそうだ。死人たちといっしょによく笑う。彼らの詩のパロディーを作ったりする。／小柳玲子は死んだ人たちにはやさしいのだ。彼女は巫女となって時にはキツネになって巻物をくわえたりもするが決して神がかりせず、合理的といおうか散文的といおうか冷めているといおうか、そしてやさしいところがおかしく残る」と述べている。小柳詩のもつ不思議なユーモアをとてもよく言い当てている。氏の仕事場である夢人館には、詩友は勿論のこと、色々な人が尋ねて来るのであろう。長谷川泰子といえば、すでに歴史上の人物である。氏もさぞかし驚いたに違いない。彼女の独白にたじたじとなって絶句しているところが眼に見えるようだ。

第十詩集『為永さんの庭』(平成十六年・花神社)は六十九歳の作品だ。氏にとって詩を書くことは「人生を二重に生きることだ」と覚書にある。小学校から大学まで、一度も口をきいたことがなかった同級生の思い出「為永さんの庭　＊＊＊」は、小柳玲子氏の子供時代を象徴していて、とても微笑ましい。

為永さんの庭　＊＊＊

為永さんと小学校の六年間　同級生だった
為永さんと同じ町内で過ごした　十年くらい
為永さんと話したことがなかった
為永さんは級長で　くらいが違ったのだ

為永さんの家の前を通って　習字を習いにいった
為永さんに遭わないですむよう　駆け足で通っていった
為永さんの庭には二宮金次郎の像が立っていて　いつも
薪を背負い本を読んでいるのだった

為永さんは国立大付属の中学に入り　私は
しがない私立中学に通い　会うことがなかった
私がしがない私立大に進学すると　為永さんが

隣の学部にいた　国立大学にはいけなかったのだ　多分
なぜか私は　彼女と目が合わせられなかった

十八歳を過ぎて　ただのひとになった為永さんと
はじめからただのひとの私は　卒業まで話しをしなかった
なんだか悪いような　自分の勝手な思い込みで
私はおどおどし　おどおどさせる為永さんを　自分の
深い悪意を自分に気付かせる　為永さんを
これまた勝手に憎んで過ごした

夜のたちこめる町を歩くと　為永さんの庭に
不意に行き当たる　その辺り　私から吐き出された
あらゆる瘴気で夜はじっとり濡れている　金次郎は
清らかに苔むして　薪を負い　静かに本を読み

悪意を背負い　そのために静かに本を読み続けることが
できない私が　駆け足で夜の中を過ぎていく　私は

なにかを習いに　遠くへいく途中にあるらしかった
どの夜も私は　生涯身につかないものを習いに
でかけていくらしかった　どの夜も
為永さんの庭に行き当たり　帰ってくる
私はそういうものであるらしかった

小柳氏にとって、詩に登場させる人物名は本名で書かないとある種の迫力が失われるという、妙な内的葛藤があるという。このタイトル詩も、実は当初本名で書いていたのであるが、熟慮の末フィクションの名に変更したようである。やはり他人には多少でも迷惑をかけることはできないと思ったからであろう。幼少時の他人を羨むことで生まれた悪意を、滑稽なほど執拗な悪意というものを、恐ろしいほどの愚直さで表出している。

第十一詩集『夜の小さな標』（平成十九年・花神社）の表紙は、フェルナン・クノップフの「眠れるメドゥーサ」で飾られている。この詩集の多くの作品は、夢人館シリーズの画集に纏わる詩からなっている。その中から、天才音楽家の画集を編集した日の記念に書かれた「フェリックス・メンデルスゾーン」と題された詩篇を読んでみよう。

フェリックス・メンデルスゾーン
――天才音楽家の画集を編集した日の記念に

秋も晩くなって町に公会堂が建った　田舎の町だったから柿落《こけらおと》しといっても　まだ無名の若いピアニストが招かれてきた　その少年といってもいい年頃のピアニストについて　いまでは風貌も名前もさだかには思い出せない　たぶん著名といわれるほどの音楽家にはならなかった　そんな気がする

演奏会が果て　夜ふけの道を私たちは歩いていった　ピアニストを夜汽車に乗るまで見送りにいったのだ　第二次大戦の終焉から五年と経っていなかった　客人に自動車を用意するゆとりなど夢にもなく　一キロほどの道のりをぞろぞろと歩いていったのだ　田舎の少女であった私たちは瀟洒な音楽家に語りかける術がなく　黙々と雑木林の多い道を歩いた　せんぶりの咲く草地をよぎる時「どの曲が好きでした？」と彼は尋ねた　押し黙っている私たちがおかしかったのか声にはかすかに笑いが含まれていた

誰も答えない　で　いたしかたなく蚊の鳴くような声で私は答えた
「……つむぎ歌が……」
「あ　無言歌の」と彼は応じ「メンデルスゾーンについて知ってることってありますか」と言った
「お金持ちだって……」と私は答え　お金なんて俗なことを言った自分が恥ずかしく　夜の中でまっ赤になった

「ドイツの音楽家だってこと知ってる！」
誰かうしろのほうから　蚊よりはましな声で答えた　秋の闇は束の間　マッチを擦ったように明るく黄ばんだ
「メンデルスゾーンのことであまり知られていないのは」と音楽家は話してくれた「ユダヤ人だったこと　絵がとても上手だったことです　ナチスは彼の音楽を世界から抹殺しようと躍起になり　ドイツではメンデルスゾーンの音楽を聴くことは禁止されていました　銅像もこわされましたし　きっと絵も焼き捨てられたのでしょうね　でも音楽を殺すことはできなかったんですね」

夜ふけの駅はしずもっていた　上りの汽車はすぐやってきた　駅にはまだ屋根がなく　吊るされた裸電球の明かりの下で　私たちは別れのための手を振った
このうえなく美しいものが消えていく　夜の深い闇に向かって声もなく手を振り続けた
夜汽車の最後の明かりが　山裾に消えていく一瞬も――四十年を過ぎたある年　自分が　この私が　メンデルスゾーンの水彩画を　世界で初めて一冊の画集にまとめる身になろうなどと夢にも思うことなく――ただひたすら手を振っていた

これは本当に凄いことなのだ。アジアの小国、日本の少女が演奏会でたまたま耳にした大音楽家の絵のエピソードを、四十年以上もの間心深くに静かに秘め、世界で初めて一冊の画集として世に送り出すことになるのだから。小柳玲子氏はどうしても要領の良い人間とは思えない。しかしだからこそ、本人も自覚しないうちにこれだけの大きな仕事をなし得たのではなかろうか。歩みは亀のように遅々としているが、志は高く実行力があるのだ。この詩集が、第二十六回現代詩人賞に輝いたのは、本人にとってもこれ以上にないプレゼントになったはずである。

第十二詩集『さんま夕焼け』（平成二十三年・花神社）の表紙には、清宮質文の版画が使われている。この表紙絵の窓はまるで小柳氏の家の窓のようだ。夜ごとあちらの世界からいろんな人々が覗き込んでくるのである。小さい頃は叔母や叔父が顔を見せたが、最近はサンマに混じって母や父も登場するようになってしまった。「父」の詩は次のようにとても懐かしい感じがする。

父

とつぜんいなくなって悪かったけど
といった
しばらくあの国で数学を教えることになったので
急に旅に出てしまった
みんな元気か　それはよかった
いや　もう戻ることはないだろうよ
あの国の数式はすばらしく美しいんだ　ずっと昔
一度だけ夢の中で出会った式なのさ　朝がくると
消えてしまって　それきり思いだせなかった　あれなんだ
きのう　霧は

黒板の前の数学者に似た形で
私の町を通っていったが
六丁目の角で　しばらく
私の窓を覗いて　帰っていった

氏は本当に死者に優しいのだ。丁寧に対応し、延々と会話が続く。しかも彼らの会話を、明瞭に記憶しているからすごいのだ。つまり氏の作品は冥界からの贈りものと言ってもよい。彼らの言葉は、氏によって詩化され、次元を超えて、時空を超えてぼくらの琴線に共鳴するのだ。
第十三詩集『簡易アパート』（平成二十五年・花神社）は七十八歳の作品集である。どことなくユーモアに溢れた詩が多くなったような気がする。しかも大真面目に書かれているので、思わず苦笑してしまうのだ。「新年さうさう」は氏の人柄がじんわりと滲み出ていて好きな作品だ。

新年さうさう

「ここで」という駅に行かねばならなかった
見知らぬ駅への近道は「裏木戸を出て」と
注意されたが　私の家に裏木戸はないので

普通に門を出た
私はひとりだった
いつもひとりだったが
この時はいつになく　ほんとうにひとりだった

夜明けの電車に乗り
夕ぐれに「ここで」に着いた
とても遠いところへ行く人のお別れ駅のようだった
「では　ここで」
と言う声に振り返ると　ともだちは笑いながら
汽車の窓から手を振っているのだった
選りによって元旦に逝ってしまった
私のともだちは　葬儀の日の遺影そのままの顔で
車窓に張り付いているのだった

発車のベルが鳴り始めていた
「小柳さん」と突然ともだちは私に声をかけた

「また迷子になったんでしょう?　こんなに遅れて
裏木戸って教えてあげたのに」
汽車はゆっくりと動き出していたがともだちはまだ
声を張り上げていた
「小柳さん　新年さうさうなんて書いちゃだめだよ
おばあさんなのが分かっちゃうからね」

余計なお世話!　と私はぼやく
でもまんざら　ひとりでもないのだと
裏木戸を抜け
ここに帰ってきたらしかった
新しい年らしかった

小柳玲子氏は不思議な詩人だ。これほど死者とざっくばらんにとりとめのないお喋りができる人も珍しいのではなかろうか。きっと冥界の出入り口を自由に出入りできる通行許可証を持っているのだ。この才能は、生まれながらに身についていたものか、戦争や死の病である小児結核を患うことによって後天的に獲得されたものなのかは定かではないが、氏の詩作法を考えるうえで大きな鍵になるように思われる。もう一つ氏には、美しいものを誰よりも敏感に見極めることができる特殊な能力がある。それは絵画でも詩の世界でも同様に発揮される。小さい頃それは、美男美女の同級生や級長さんへの「あこがれ」として作用したのであろう。そしてそれらの美点を持ち合わせていない自分に対する引け目が、作品にどことなく暗い陰影を与えているような気がする。氏は何の取り柄もない子であったから、誰も何も期待しないでくれたから自分流に時間をかけてゆっくりと色々な事柄に挑戦できたと述べている。だから怖いもの知らずで、夢の在りかに果敢に挑んで行けたのであろう。それが大きな仕事をじっくりと大成できた大きな要因とぼくは睨んでいる。

第十四詩集『夜あけの月が』（令和元年・空とぶキリン社）のあとがきは、「私の最後の詩集になります。」で書き始められていた。そして自分の詩人としての長所は、邪念を抱くことなく詩作愛好者として詩を書き続けてこられたことだと述べていた。最後の詩集、この重い言葉に対して何と謙虚な思いであろうか。北村太郎のことを綴った詩篇を読んでみよう。

北村太郎さんのこと

（前略）

この十一月初旬　私はなんと五年ぶりに旅に出た
家人の病気と葬儀が続き外出ができなかったのだ
車中で読む本を探し
読みそびれていた『荒地の恋』を見つけて新幹線に乗った
なまじ北村さんを知っていたので私には生々しくて本を開きにくかったのである
今回読んでみてもなんだか私の知っている北村さんとは結びつかず　変な気分である
私の記憶している北村さんは
最後にペンクラブの忘年会で思いがけず出会った夜の北村さんで
遠い処からやってきて　誰も知人がいないのにぽつんと座っている人に見えた
「小柳さん　ぼくは要らないのでもらってくれない？」
とくじ引き景品を差し出した北村さん
それがなんだったか全く記憶が無い
とてもとても寂しそうだった北村さん
旅に持っていった『荒地の恋』も
どうしてか読み終われなかった自分がここにいる

私は北村詩のよき読者ではないが　ただ一篇覚えているのは

高校生の時買った『詩と詩論』の巻頭にあった短い詩なのである

部屋に入って　少したって
レモンがあるのに
気づく　痛みがあって
やがて傷を見つける　それは
おそろしいことだ　時間は
どの部分も遅れている

どうしてこの詩が好きで　こんなに年老いるまで覚えているのか
それもよく分からない
淋しい……って　この世の頁のどこにはさまれているのだろう

氏は人の痛みや寂しさにとても敏感だ。無垢な真っ白な心を持っているから、どんな思いをも吸い取ることができるのであろう。高校の時に読んだ詩に、早くも痛みの思想を感受しているのである。この感受性こそ、詩人にとって最も大切な資質の一つであるとぼくはそう思っている。

また、小柳氏の詩には思い出が描かれることが多い。しかもその情景が極めてリアルなのが特徴なのである。まるで過去と現在が遠近感を消失し一体化しているように感じるのである。過去の会話が正に眼前で繰り広げられているように錯覚するのである。前述したが登場人物の名前も勿論実名でなければ気が済まないのはそのせいだ。嘘がつけない詩人、それが小柳玲子なのである。そしてその誠実さが作品に何とも言えない迫力と情感を、そして時にはユーモアを滲ませているのだ。本当の詩人というものは詩人という肩書を付けたりはしないのであろう。氏はいつでもどこでも詩作愛好者と言っては平然としているのだ。

郷土青森県が生んだ二大文学者と問われれば、当世ではやはり太宰治と寺山修司が挙げられよう。太宰の本名は津島修治だから、偶然にも二人とも名前は「しゅうじ」ということになるのだが、この二人には名前以外にも何かしら共通点が多いように感じられるのは考え過ぎであろうか。まずは二人とも愚直なまでにサービス精神が旺盛であり、三十代、四十代という若さで亡くなっているのである。また津軽生まれの青森高校出身というのも一緒であり、終生訛りをあえて矯正することがなかったのも、逆に都会に対するコンプレックスを封印するための方便であったのかもしれない。しかも寺山の訛りはテレビなどで聞かれた方も多いと思われるが、純粋な津軽弁ではない。南部弁がすこし入り混じった青森弁と言った方が正確だと思うのだが、それは幼少時南部である三沢市と津軽である青森市の両地域で育ったからなのである。だからであろうか、その語り口はタモリや三上寛らによって物まねされるほど独特なものであり、青森弁で機関銃のように発せられる寺山の言葉は、一度聞いたら脳内に鮮明に焼き付けられるのである。話す姿一つをとっても、彼の偉才ぶりは誰の眼にも十分伝わってくると言えよう。

ところで全くのお恥ずかしい話なのだが、ぼくはこれまで寺山修司の詩をほとんど読んだことがなかった。詩を書いていたということだけは認識していたのだが、詩人だとは思っていなかった。つまりぼくの頭の中では寺山修司は前衛歌人、前衛劇作家として君臨しており、詩人という概念からはほど遠い人であったのだ。

金子光晴は沢山の肩書を持つことで有名であったが、寺山修司はさらにそれ以上の肩書を有し、しかもいずれの分野においても驚くほどの才能を発揮していた。ちなみにウィキペディアで彼の肩書を調べてみると、歌人・劇作家の他に、俳人、詩人、演出家、映画監督、小説家、作詞家、脚本家、随筆家、評論家、俳優、写真家などとあり、さらに「言葉の錬金術師」、「アングラ演劇四天王のひとり」、「昭和の啄木」、「覗き見マニア」、「エロスのアナキスト」、「政治嫌いの革命家」、「ジャンルを超えたコラージュの達人」、「あしたのジョーを愛した男」、「三島由紀夫のライバル」、「生まれながらのトリック・スター」、「サブ・カルチャーの先駆者」などの異名までも取っていたのであるから、その活動範囲の広さには驚異的なものがある。そこで生まれたのが「職業は寺山修司！」という壮大な肩書であったようだが、意外なことに実際に彼自身が最も好んで使った肩書は「詩人」であったのである。一九七七年二月二十二日放送の「徹子の部屋」においても、寺山は「世界の放浪詩人寺山修司」というタイトルで出演しており、そのインタビューのなかでも、肩書は詩人と述べているのである。何故彼は数ある肩書のなかから詩人を選び、そして最後まで詩人たらんとしたのか。今回は一般には意外と知られていない寺山の詩の世界を辿りながら、その謎に迫ってみようと思った次第である。それではまず彼の簡単な略歴から見てみよう。

昭和十年十二月十日弘前市に生まれる。昭和十六年（五歳）八戸に転居、父が出征したため青森に転居。昭和二十年（九歳）青森大空襲で焼け出される。三沢に転居（寺山食堂）。父セレベス島で戦病死。母米軍の三沢基地で働く。昭和二十三年（十二歳）母福岡県の米軍キャンプに働きに出る。青森の映画館を営む叔父の家に寄留。昭和二十六年（十五歳）青森高校に入学。文芸部、新聞部に入部。昭和二十八年（十七歳）詩誌「魚類の薔薇」を発行。全国学生俳句会議を組織。昭和二十九年（十八歳）全国の十代の俳句誌「牧羊神」を創刊。早稲田大学教育学部国語国文学科に入学。「チェホフ祭」で第二回「短歌研究」新人賞受賞。昭和三十年（十九歳）北園克衛の「VOU」に参加。詩劇グループ「ガラスの髭」を組織し、処女戯曲『忘れた領分』を書く。ネフローゼで入院（四年間）。昭和三十二年（二十一歳）中井英夫の好意で、第一作品集『われに五月を』を刊行。昭和三十六年（二十五歳）長編叙事詩「李庚順」を「現代詩」に連載。昭和三十八年（二十七歳）長編叙事詩「地獄篇」を「現代詩手帖」に連載。九條映子と結婚。昭和四十年（二十九歳）詩論集『戦後詩』を刊行。寺山修司抒情シリーズ刊行開始（新書館）、昭和四十六年まで七巻刊行。昭和四十二年（三十一歳）演劇実験室「天井桟敷」を設立。昭和四十三年（三十二歳）詩論「暴力としての言語」を「現代詩手帖」に連載。昭和四十四年（三十三歳）作詞したカルメン・マキの「時には母のない子のように」が大ヒット。昭和四十五年（三十四歳）『地獄篇』、詩論集『暴力としての言語』刊行。九條映子と離婚。昭和四十六年（三十五歳）映画『書を捨てよ町へ出よう』上映。昭和四十七年（三十六歳）現代詩文庫『寺山修司詩集』刊行。昭和四十九年（三十八歳）映画『田園に死す』上映。昭和五十二年（四十二歳）『マザーグース』（翻訳）刊行。昭和五十六年（四十五歳）『寺山修司少女詩集』刊行。昭和五十七年（四十六歳）詩「懐かしのわが家」を朝日新聞に発表。昭和五十八年（四十七歳）『ニーベルンゲンの指環・ラインの黄金』（翻訳）刊行。絶筆「墓場まで何マイル？」を「週間読売」に発表。五月四日肝硬変と腹膜炎で敗血症を併発し死去。

寺山修司の詩について、これから述べてゆくことになるのであるが、彼にはいわゆる単行詩集というものがほとんどなく、強いてあげれば『地獄篇』一冊だけである。あとは詩文集、選集といった類の本にまとめられているだけなのである。つまり作品集自体も様々なジャンルが越境する文学であり、詩だけを論じようとすると少し戸惑ってしまうのである。とは言え、矢張り編年体で作品を辿ったほうが理解しやすいので、まずは第一作品集『われに五月を』から紹介してみることにしよう。

昭和二十九年、寺山は早稲田大学に入学し憧れの東京へと上京するわけであるが、「チェホフ祭」で第二回「短歌研究」新人賞を受賞するなど、若くしてその活躍は尋常なものではなかった。当然私生活においても無理が重ねられていったのであろう、この年に混合性腎臓炎に罹患して入院している。一度治癒して退院はしているものの、充分養生をしなかったのであろうか、すぐにネフローゼにて再入院してしまう。一時面会謝絶になるほど症状は重く、死線をさまようこともたびたびであった。そのためこの時の入院は四年にも及ぶことになってしまうのである。「短歌研究」編集長の中井英夫は寺山の才能を誰よりも惜しみ、このまま埋もれさせてしまうのは忍びないと考え、彼の短い一生の記念碑として作品社に斡旋して昭和三十二年に刊行されたのがこの『われに五月を』であったのである。まずはこの作品集の巻頭に掲げられた「五月の詩　・序詞・」から読んでみよう。

五月の詩　・序詞・

きらめく季節に
たれがあの帆を歌つたか
つかのまの僕に
過ぎてゆく時よ

夏休みよ　さようなら
僕の少年よ　さようなら
ひとりの空ではひとつの季節だけが必要だったのだ　重たい本　すこし
雲雀の血のにじんだそれらの歳月たち

萌ゆる雑木は僕のなかにむせんだ
僕は知る　風のひかりのなかで
僕はもう花ばなを歌わないだろう
僕はもう小鳥やランプを歌わないだろう
春の水を祖国とよんで　旅立った友らのことを
そうして僕が知らない僕の新しい血について
僕は林で考えるだろう
木苺よ　寮よ　傷をもたない僕の青春よ
さようなら

　きらめく季節に
　たれがあの帆を歌ったか
　つかのまの僕に
　過ぎてゆく時よ

二十才　僕は五月に誕生した

僕は木の葉をふみ若い樹木たちをよんでみる
いまこそ時　僕は僕の季節の入口で
はにかみながら鳥たちへ
手をあげてみる
二十才　僕は五月に誕生した

この瑞々しい抒情性は一体どこから生まれてくるのであろうか。白石征は「寺山修司の抒情性」という文章のなかで、この作品集について触れ「五月の陽光と風さながら、まばゆいばかりの才能がきらめき、青春の憧れが澄明に、そしてとりたての果実のような新鮮さでもって、まるで奇蹟のように定着していたのである。」と述べている。確かにこの詩は、十代後半の青春真っ只中に書かれた詩ではあるのだが、この時期彼はネフローゼという難病で病院に入院しており、正に生死を彷徨っていたのである。そのことを念頭に入れて改めて読んでみると、この序詞は煌めく青春の歌であるとともに、遺書でもあったことに気付くのである。「さようなら」は、花鳥風月への惜別であるとともに、我が青春への辞世の句でもあったのだ。

この作品集は詩だけではなく、短歌、俳句、メルヘン、エッセイなど様々なジャンルの作品群からなっている。それは寺山が死を意識し、最後の著書になるかも知れないという危惧から、全てを混在した形で編集したいと考えた結果だとしても全く不自然ではないのだが、すでにこの第一作品集から寺山の代名詞でもある「越境する」文学が始まっていたと取った方が実は妥当なのかもしれない。

海のジヨツキイ

空はハンカチーフの白い雲
〈シヤボンを食べてはいけないことよ〉

2等5号の令嬢の不在に
鸚鵡は Tabacco が欲しかった
五月

ダイヤモンド手函の中で
もう老けてしまつたジエニイたち

僕は鉛筆を失くした　ライスカレエ
の調理室に　僕は丸窓から

帽子を捨てた
その風のうれしい南ルリコの地図に
僕はかなしいコックである
令嬢を毒殺しよう

この詩は「楔形文字」とサブタイトルがついた横書き詩七編の最初の詩である。あとがきには高校の時に書いたものとあるが、一見してモダニズム詩である。高校の頃からVOUクラブの黒田維理をマークしていたというから驚きだ。本州の最北端である辺境の地に居ながらにして、中央の新しい風を感受するアンテナはすでにこの頃から尋常ではなかったことを証明している。彼は実際に大学入学で上京するとすぐに、北園克衛のVOUクラブに入会しているのである。その行動力も半端ではない。最近縁あって、詩誌「青焔」の表紙絵を担当している北上市在住の画家武藤美智子氏の知遇を受け、「青焔」第44号を送って頂いたのだが、氏の親友でもある白石かずこが「寺山修司のモダニズム、VOU時代」と題して興味深い当時の事情を載せている。寺山は彼女に初めてあった時、「どうしてVOUクラブを離れたの？　僕はあんたの詩に憧れて上京しVOUクラブに入ったら、もういなかったじゃない！」といい、次に「どうして詩をかかないの、才能がもったいないじゃない！」と言ったとある。VOUを離れ七年間全く詩を書いていなかった彼女は、この励ましのあと堰を切ったように詩を書き始め、H氏賞を受賞することになるのは意外と知られていない秘話かも知れない。

少女に

たれでもその歌をうたえる
それは五月のうた
ぼくも知らない　ぼくたちの
新しい光の季節のうた

郵便夫は愛について語らない
花ばなを読み
ぼくの青春は　気まぐれな
雲の時を追いかけていたものだ

あゝ　ぼくの内を一つの世界が駈け去ってゆき
見えないすべてのなかから

ぼくの選択できた唯一のもの　少女よ
ぼくはかぎりなく
おまえをつきはなす
かぎりなくおまえを抱きしめるために

この詩は、「三つのソネット」とサブタイトルのついた詩三篇の最初の詩である。ソネットは西洋の代表的な定型詩といえるが、寺山がこの時期様々な詩形に挑戦しており、抒情詩人としての資質も十二分に備えていたことは、後の前衛詩人としての華々しい活躍を考慮するとちょっと意外かもしれない。しかし後に量産された寺山の抒情詩が『寺山修司少女詩集』として纏められ、ベストセラーになることを考えれば、寺山の抒情詩こそ詩人としての本分であったということも十分言えるのである。

この他、散文詩二篇も含めて二十篇の詩篇がこの作品集の中に収められているのだが、今回ぼくが取り上げた三篇の詩の中に、「五月」という言葉が出てくるのはひょっとして偶然ではなかったような気もしてくる。青森の五月は、様々な花々が一斉に咲き乱れ、一挙に春が訪れるのである。青森の春は五月だと言ってもよい。生命感に満ち溢れた五月、エリオットを持ち出すまでもなく、詩人にとって四月は残酷な月であり、その四月を乗り越えてやってくる五月こそが青森県人にとっては本当の春なのである。この本のタイトルともなった『われに五月を』は、正に死の床に在った寺山修司の、新たな生命を我にという悲痛な叫びであり、もっと生きたいという切実な願いでもあったのだ。

昭和三十六年から長編叙事詩「李庚順」を「現代詩」に一年間連載しているのだが、この詩のコラムで「書きはじめる前にはホーマーの「オデュッセウス」のような雄大な構想を頭にえがいていたのだが、実際に書きはじめてみると、こんな風に陰惨な内容になってしまった。」と述べており、必ずしも満足した出来にはなっていなかったようだ。後に、現代詩文庫『寺山修司詩集』に収録されているので、ここにその一部を紹介してみよう。

李庚順

（前略）

その家々を陰険に繋ぎまくる地中の水道管
木蓮の花の紅紫色にさえぎられて淫らに口あけている祖先の肖像画のある
仏壇
いつも遅れて鳴る市役所の古時計
生まれたときから白髪まじりの農家の胎児

ふるさとまとめて花いちもんめの風吹けばとぶような夫婦の契り
墓標よりも高くある家夫長のトラホームの眼
風呂の湯に浮んだ義歯たちが唄う民謡の数々
痙攣する天理教徒の庭の朝顔の花の青
草鞋の裏に刺繍された親殺しの惨劇秘話
胎児用の瓶にフォルマリン漬けにされた囚われの論理
狐に憑かれた枯野の親子関係論
すべては夢だ

（中略）

それは出立の証しだ
貨車にかざられた弔旗！
それは
母親の見えない死体の髪を束ねて貨車の最後部にくくりつけ　風にはためく旗のように
　死んだ母の寝巻姿を
魚の尾のようにはためく足袋のない両足を
むごたらしい肉塊を　疾走する貨車から
地方の町々に吹流しつつ、はためかせつつ、限りなき天帝の言葉で挨拶を送りながらさらば母よ！
さらば母よ！

叙事詩という詩形体は一般には長編であることが多く、誰にでも容易に書けるものではない。しかも寺山の詩篇は散文詩を軸に、行分け詩、ダイアローグ、短歌等を織り交ぜた混合型で、後の戯曲や、映画の演出をその延長線上に感じさせる独特な作りになっている。内容は自分詩、つまり自伝的叙事詩と言ってよい。この詩篇の主軸となる母親殺しという愛憎劇は、やはり寺山にとって、永遠のテーマであったのだろうか。

昭和三十八年には、長編叙事詩「地獄篇」を「現代詩手帖」に連載している。この作品は前作「李庚順」を質、量ともに凌ぐ大作で、昭和四十五年に思潮社から単行詩集として刊行されることになるのだが、なんと百九十一頁にも及び、これほどの長編詩は現代においても極めて珍しいと思われる。正に、彼が目指したところの詩でありながら「小説よりも面白いもの」に仕上がっているのではなかろうか。「地獄篇　第三歌」の冒頭の部分を読んでみよう。

十二才で、地獄を見抜く目、透視の霊感を感得してしまった以上、ぼくは自分の倫理の弦をひきしめない訳にはいかなかった。ぼくの怖ろしい眼力は、レントゲン写真のように見すかした痩せた風景、風呂敷包みの中なる田畑に、いつも一軒のあばら家、ぼくと母との暗い「国家」を、写しだしていた。何も見ないためには、赤い糸で瞼を縫い閉じればよいのだったが、しかしそれはあまりにも、ぼくにとって残酷なことだ。ぼくは見たい。ぼくは何もかも見たい。そして見たものの全ての名付親になることによって叛かれ、ぼくの生涯が暗い支那に閉じこめられ復讐されるかも知れぬ恐怖に、眼球だけがふくれあがって鬱血し、喉は終生悲鳴をあげつづけようとも、いまの亡命が見ることでしかないのならば、地獄覗きだけは続けねばならないのだ。

この作品は、「詩的自叙伝ないしは長い遺書」と帯に記されているように、前作同様、壮大な自分詩である。それにしても寺山にとってその生涯は地獄そのものであったのだろうか。幼少時お寺で見た地獄絵図、青森大空襲で母親と共に焼け出された火炎地獄、母親に見捨てられた地獄のような孤独な日々。寺山は地獄を再現することによって、我が人生の悪魔祓いを敢行したのかもしれない。視覚詩や詩劇なども取り入れたこの特異な作品は、寺山の詩業における一つの頂点を築いていると言っても過言ではない。

昭和四十年からは毎年、「寺山修司抒情シリーズ」と銘打って七冊の詩文集が刊行されている。題名だけ拾ってみると、『ひとりぼっちのあなたに』、『はだしの恋唄』、『愛さないの愛せないの』、『さよならの城』、『時には母のない子のように』、『ふしあわせという名の猫』、『思いださないで』の七冊であるが、これらに収められた詩篇の中から、昭和五十六年アンソロジー詩集として『寺山修司少女詩集』が刊行された。この詩集は前述したように大ベストセラーとなり、平成十七年に改版された後も十六版重版されるほど、その人気はいまだに根強いのである。さっそくこの詩集からいくつかぼくの好きな詩篇を紹介してみよう。

ひとり

いろんなとりがいます
あおいとり
あかいとり
わたりどり
こまどり　むくどり　もず　つぐみ

でも
ぼくがいつまでも
わすれられないのは
ひとり
という名のとりです

この詩集全般に言えることであるが、どの詩もとても平易な言葉で書かれている。この詩は掛け言葉を用いたメルヘン調の詩であるが、実際に孤独だった寺山の少年時代を彷彿とさせ、胸に迫るものがある。平易ではあるが、深奥から滲み出て来る情感に溢れているのである。

ハート型の思い出

みずえ
一本の楡の木
恋の本恋の本恋の本
モーツアルトを聴いた夏
愛さないの愛せないの愛さな
いの愛せないの愛さないの？
ぼくは口笛が吹けなかったんだ
一羽の蝶も哲学をするだろうか
いの愛せないの愛さないの？
愛さないの愛せないの愛さな

ローランサンを読んだ夏
恋の本恋の本恋の本
　一本の楡の木
　　みずえ

この詩は一見してわかるように、ハート型をした視覚詩である。ルフランや対句を用い、技法的にも卓越しているのである。

　だいせんじがけだらなよさ

うらないもしたけど
おまじないもしました
いろんなわけのわからない言葉を
言ってみるのです
魔よけ　災難よけ
そして悲しい事を忘れるための
さびしい時の口の運動

へんな言葉ほど
おまじないにはいいのです
私がよく言ったのは
だいせんじがけだらなよさ
どこの国の言葉だかわかりますか

だ・い・せ・ん・じ・が・け・だ・ら・な・よ・さ

さびしくなると言ってみる
ひとりぼっちのおまじない
わかれた人のおもいでを
忘れるためのおまじない
だいせんじがけだらなよさ
だいせんじがけだらなよさ

さかさに読むと
あの人がおしえてくれたうたになる

「ひみつのアッコちゃん」や「魔法使いサリー」のように女の子は占いやおまじないが大好きである。叶わぬ願いを呪文に託すのである。遊び心に満ちた詩も寺山詩の魅力のひとつであろう。

汽車

ぼくの詩のなかを
いつも汽車がはしってゆく
その汽車には　たぶん
おまえが乗っているのだろう
でも
ぼくにはその汽車に乗ることができない
かなしみは

いつも外から
見送るものだ

今はもうない寺山食堂は三沢駅（旧古間木駅）の前にあったそうである。店の二階の窓から行き交う汽車を眺めながら、少年は密かに東京への憧れを育んでいったのであろう。修司の詩には汽車がよく登場する。最後の三行には、その汽車に乗りたくてもその当時は叶わなかったあきらめのような哀しみが表現されている。

時には母のない子のように

時には母のない子のように
だまって海を見つめていたい
時には母のない子のように
ひとりで旅に出てみたい
だけど心はすぐかわる

母のない子になったなら
だれにも愛を話せない

時には母のない子のように
長い手紙を書いてみたい

時には母のない子のように
大きな声で叫んでみたい

だけど心はすぐかわる
母のない子になったなら
だれにも愛を話せない

昭和四十四年、天井桟敷の劇団員であったカルメン・マキにこの歌を歌わせ、大ヒットすることになる。作詞家としての寺山修司の名を一躍有名にした詩でもある。二行二連三行を繰り返す定型詩で、幼き頃の修司の母への思い、言いようのない淋しさがノンフィクションであるがゆえに痛い程聞くものの心に響いてくる。

ダイヤモンド　Diamond

木という字を一つ書きました
一本じゃかわいそうだから
と思ってもう一本ならべると
林という字になりました
淋しいという字をじっと見ていると
二本の木が
なぜ涙ぐんでいるのか
よくわかる
ほんとに愛しはじめたときにだけ
淋しさが訪れるのです

この詩はぼくが修司の詩のなかで最も気に入っている詩の一つである。木は男と女のメタファーであり、二人が一緒になり愛しあってサンズイという涙が溢れたとき、初めて本当の淋しさが訪れるとある。涙は二人にとってダイヤモンドそのものなのだ。矢張り詩の真髄は抒情詩にあるとぼくには思われるのだが、寺山は真正の前衛詩人でありながら、優れた抒情詩人でもあったと言えよう。彼のように多種多彩な詩を書く詩人はそれほど多くはないが、詩の世界のなかだけでも、実に彼の越境ぶりは健在だったのだ。

昭和四十七年に現代詩文庫『寺山修司詩集』が刊行されるが、この時期は詩作から一時遠のき、演劇や映画にその活躍の場を移していた頃である。この詩集は前述した叙事詩二篇と、短歌、未刊詩集『ロング・グッドバイ』を含む構成になっており、抒情詩は一切掲載されていない。つまり前衛詩人寺山修司を強調する造本になっているのだ。その中から二篇だけ紹介してみよう。

事物のフォークロア

一本の樹にも
流れている血がある
樹の中では血は立ったまま眠っている
＊
どんな鳥だって
想像力より高く飛ぶことはできない

だろう

＊

世界が眠ると
言葉が目をさます

＊

大鳥の来る日　甕の水がにごる
大鳥の来る日　書物が閉じられる
大鳥の来る日　まだ記述されていない歴史が立ちあがる
大鳥の来る日　名乗ることは武装することだ

大鳥の来る日　幸福は個人的だが不幸はしばしば社会的なのだった

＊

一八九五年六月のある晴れた日に
二十一才の学生グリエルモ・マルコニが
父親の別荘の庭ではじめて送信した
無線のモールス信号が
たった今　とどいた

ここへ来るまでにどれだけ多くの死んだ世界をくぐりぬけてきたことだろう
無線電信の歴史のすべてに返信を打とうとして
少年はふと悲しみにくれてしまった

＊

（後略）

そしてもう一篇は「ロング・グッドバイ」という詩である。

ロング・グッドバイ

1

血があつい鉄道ならば
走りぬけてゆく汽車はいつかは心臓を通るだろう
同じ時代の誰かが
地を穿つさびしいひびきを後にして

私はクリフォード・ブラウンの旅行案内の最後のページをめくる男だ
合言葉は　A列車で行こう　だ
そうだ　A列車で行こう
それがだめなら走って行こう

時速一〇〇キロのスピードで　ホーマーの「オデッセー」を読みとばしてゆく爽快さ！
想像力の冒険王！　テーブルの上のアメリカ大陸を一日二往復　目で走破しても
息切れしない私は　魂の車輪の直径を
メートル法ではかりながら
「癌の谷」をいくつも越え捨ててきた

（後略）

これら二篇は寺山ならではの箴言が続き、前衛詩人寺山修司の面目躍如と言った感がある。このスピード感は尋常ではなく、あたかも劇場詩のようにスリルがある。そしてその後寺山は現代詩に飽き足らず、演劇、映画の世界に目を向けてゆくことになり、その活躍の場も世界中へと広がってゆくことになるのである。

詩人寺山修司には、二冊の詩論集があることは、意外に知られていない。昭和四十年に書かれた『戦後詩』は、言葉通り戦後詩を俯瞰し、大局的に詩のあるべき姿を論じた先駆的詩論集である。冒頭においてまずグーテンベルクの印刷機械の発明の功罪について述べている。つまり、印刷機は「ことば」を画一化し、知識の発達のためには役立てたが、一方では戦後詩における肉声の喪失、人間の疎外を生むことにもなったと結論付けているのである。また詩は「在る」ものではなく「成る」ものであるという考えから、寺山は詩を伝達するための手段として、活字の他に作者自身による詩の朗読、俳優や歌手の声を用いることによって、より人間的な感動を生み出すことが可能であると述べている。こういった論評を彼は、机上の空論として述べているのではなく、実際に彼自身が詩の朗読をおこなったり、作詞や戯曲による声を媒介にした詩の提示に挑んだりしており、詩を書物のなかから解放することにも果敢に挑戦し続けたことは驚くべき先見性と評価してよい。

また「戦後詩人」ベスト詩人として、俳句の西東三鬼、短歌の塚本邦雄、歌謡詩の星野哲郎、自由詩の谷川俊太郎、岩田宏、吉岡実、黒田喜夫を挙げ、ジャンルを超越した詩人論を展開しているのも寺山らしく、この詩論集を非常にユニークなものに仕立て上げている。

もう一冊の詩論集『暴力としての言語』は五年後の昭和四十五年に刊行されているが、「詩論まで時速一〇〇キロ」と副題がついている通り、さらに前衛的で過激な詩論を展開している。目次を辿ってみても、「走りながら読む詩」、「集団による詩」、「記述されない詩」、「言語工学」、「落書学」と続いており、全ての分野において先取りする寺山の才智には脱帽するしかない。

本当に百年たたなければ、この評論の意味することが多くの人に理解されないのではないかと、慮れるほど難解な評論でもある。
さて、演劇や映画の世界で活躍する寺山にとって、短詩型文学はすでに過去のものと思われていたのであるが、亡くなる前年の昭和五十七年朝日新聞紙上に「懐かしのわが家」という詩を久々に発表している。

懐かしのわが家

昭和十年十二月十日に
ぼくは不完全な死体として生まれ
何十年かゝって
完全な死体となるのである
そのときが来たら
ぼくは思いあたるだろう
青森市浦町字橋本の
小さな陽あたりのいゝ家の庭で
外に向って育ちすぎた桜の木が

内部から成長をはじめるときが来たことを

子供の頃、ぼくは
汽車の口真似が上手かった
ぼくは
世界の涯てが
自分自身の夢のなかにしかないことを
知っていたのだ

この詩が掲載されたとき、どれだけ多くの人が詩人寺山修司の再来を喜び、寺山修司が詩人であることの再確認をしたことであろう。寺山の大親友であった谷川俊太郎は、この詩に触れて佐々木幹郎に「寺山は最後に名作を遺したんだよ。あの一作だけで寺山の詩集は充分だ。「懐かしのわが家」は彼が詩人であったことの証明なんだと思う」とまで述べている。言葉の錬金術師とまで称えられた寺山が、ここでは何のレトリックも弄さずに素っ裸のまま立ち竦んでいるのである。「僕は五月に誕生した」と声高らかに謳ったあの詩人が、今回は十二月十日に生まれたと本当のことを述べているのである。そして、外へ向かって疾走し続けた夢が、完全な死体になることで中断し、内部から新たな成長を始めることを願っているのである。そのときが来れば彼の脳裏に去来するのはきっと故郷の地、青森なのであろう。ここにきて寺山は初めて故郷と和解できたのではなかろうか。きっとそれは逃れることのできない母親との本当の意味での和解でもあったのだ。寺山は若い頃はネフローゼという腎臓病で苦しみ、後半生は肝硬変という肝臓病で苦しみ死んでいったといってよい。これらの内臓病はすぐ死に至る病ではないが、言い知れぬ倦怠感を長期に伴う慢性病であり、いわば本人にとっては不完全な死体と言ってもよい状態だったのであろう。恐らくは一時も清々しい気持ちになれなかったのではなかろうか。そんな病気のからだで全力疾走することは正に自殺行為であったと言ってもよい。それでは一体何がそこまで彼を駆り立てたのであろうか。生きた証を遺すためと言ってしまえばかっこいいが、ぼくには最後まで癒されることのなかった孤独感、そして寂寥感から生まれた異常なまでのサービス精神だったのではなかろうかと、そう思えてしょうがないのだ。

寺山修司は最後まで詩人であり続けたと言ってよい。彼は短詩型文学以外にも、小説、童話、戯曲、評論、エッセイなど膨大な散文を書き残しているが、その文体は詩人特有の感性で書かれていた。橋本治は『新・書を捨てよ、町へ出よう』の解説文で「寺山修司は、紛れもなく詩人である。寺山修司の書いた文章は、すべてが詩人の詩である。それがどんなものであっても、寺山修司の書くものは詩である。寺山修司の生理は、すべての言葉を詩に変えてしまうからだ。」と述べている。その理由として「言葉と言葉のつなぎ目を接続詞でつながなかったからだ」としている。卓見である。寺山は天性の詩人であったのだ。だから詩情溢れる寺山の言葉には強烈なインパクトがあったのだ。

それに寺山修司は姓名からしても本物の詩人であったのだ。苗字をみれば、「寺」に「ごんべん」がついて「詩」となるではないか。詩の山となるのである。また名前の方をみてみれば、詩は言葉の「修辞」からなっている訳で、寺山修司は名実ともに詩人そのものであったのだ。

さて閑話休題。ここで寺山修司の文学碑を少し調べてみると、全国に三カ所あることが分かった。勿論三沢市の寺山修司記念館には、立派な文学碑があり有名なのだが、岩手県の北上市にも映画「さらば箱舟」の科白からとった「百年たったら帰っておいで　百年たてばその意味わかる」と書かれた碑がある。もう一カ所はなんとぼくが住む自宅の近くにあったのだ。森下内科医院の庭園内に建立されており、猪熊弦一郎が揮毫した立派な歌碑なのである。建立の動機を先生に伺うと、驚いたことに奥様が修司の従兄妹であり、小さい時あの寺山食堂で一緒に遊んだ仲というではないか。十和田市はぼくの誕生地である。また北上市はぼくの妻の誕生地でもある。そして三沢市は修司が文学に目覚めた地であり、このトライアングルにぼくは何故か不思議な縁を感じてしまうのだった。

今回は寺山修司の詩についてだけ焦点を当てて論じてきたわけであるが、山で言えば連峰のひとつに登ってみただけであり、俳句や短歌、演劇や映画の峰は遥か遠方に垣間見ただけのもどかしさが残った。しかしひとりの人間が寺山連峰の全ての峰々に一挙に登攀することは実は容易なことではないのだ。いとも簡単にそれぞれの峰々を越境していった寺山は正に鬼才という名の天才であったとしか言いようがない。百年たって初めて寺山の全体像が見えてくるのかもしれない。ぼくにとっても寺山という山の解明はいまだ道なかばと言ってよいのである。

（本稿は、二〇一六年九月十七日に第一回寺山修司アートカレッジで講演した「寺山修司という詩の世界」の講演録を基に執筆した。）

暮尾淳の詩の底流には深い哀しみが横たわっている

暮尾淳は、北国北海道出身だというだけでなんとなく親近感を抱く詩人だったが、若くして秋山清、伊藤信吉、金子光晴に親炙したとなればいよいよもって気になり、ぼくの愛読する詩人の一人となったのはごく自然の流れであった。氏の詩篇の底流には深い哀しみが横たわっている。そして頻用される彼独特のオノマトペには「ことばの呪術性とでもいうべきリズム」が内包されており、暮尾詩はその音律と共に忘れがたい作品として心に刻まれるのである。

原満三寿によれば、氏は「なんだかんだといっては酒を呑む」人らしく、長嶋南子も「酔っぱらいの詩を確立した」詩人として氏を称賛している。ぼくの知っている酔っ払い詩人は、田村隆一も黒田三郎にしてもいささか他人に迷惑をかける大虎が多いのだが、暮尾氏の場合は、静かな酔っ払い、愛すべき酔っ払いのようだ。それでも、酒場の椅子から落ちて伸びてしまったり、「ざらざらのアスファルトに／顔面をもろに打った」りしてしょっちゅう失敗を繰り返すものだから、「どうしていつも／そこまで酔うのかしら」と女の人に呆れられてしまったりするのである。そんなわけで酔っぱらいに纏わる詩が多いというのも納得してしまうのだが、堀切直人が指摘したように、その表現には一見ノンシャランのように見えても実は圧縮され凝縮された鬼気迫るものがあり、言葉は充分な熟考と推敲をもって慎重に選び抜かれているのである。そしてそこに表出されてくる哀しみの深度はぼくにはますますもって尋常ではないように思えてくるのである。

まずは簡単にではあるが、氏の略歴を紹介してみよう。昭和十四年、札幌市にて生まれる。本名加清鍾（あつむ）、父は小学校教員で、兄と姉二人、弟あり。昭和二十七年（十三歳）姉純子阿寒湖畔で自殺。昭和三十三年（十九歳）北海道立札幌南高校卒業、早稲田大学第一文学部哲学科心理学専攻入学。昭和三十五年（二十一歳）秋山清、伊藤信吉を知る。昭和三十七年（二十三歳）早稲田大学卒業、神奈川県庁に心理判定員として勤める。馬場桂子と結婚。昭和三十九年（二十五歳）金子光晴の詩誌「あいなめ」創刊に参加。昭和四十一年（二十七歳）編集長として川島書店に入る。昭和四十四年（三十歳）第一詩集『六月の風葬』（筆名加清あつむ）刊行。昭和四十八年（三十四歳）第四次「コスモス」同人となる。昭和五十年（三十六歳）弟聴投身自殺（享年三十歳）。昭和五十三年（三十九歳）第二詩集『めし屋のみ屋のある風景』刊行。昭和六十一年（四十七歳）エッセイ集『おやしらずの詩』（緑の笛豆本の会）刊行。昭和六十三年（四十九歳）第三詩集『ほねくだきうた』刊行。平成元年（五十歳）「核」同人になる。平成二年（五十一歳）詩誌「騒」を創刊。平成三年（五十二歳）『カメラは私の武器だった　きみは、アキヒコ・オカムラを知っているか』刊行。平成六年（五十五歳）第四詩集『紅茶キノコによせる恋唄』刊行。平成八年（五十七歳）日本現代詩文庫『暮尾淳詩集』（土曜美術社出版販売）刊行。平成十五年（六十四歳）第五詩集『雨言葉』刊行。平成十七年（六十六歳）第六詩集『ぼつぼつぼちら』刊行。平成二十四年（七十三歳）句集『宿借り』刊行。平成二十五年（七十四歳）第七詩集『地球《jidama》の上で』刊行。この詩集で第二十回丸山薫賞を受賞。平成二十八年（七十七歳）現代詩文庫『暮尾淳詩集』（思潮社）刊行。

それでは第一詩集『六月の風葬』（昭和四十四年）から読んでいってみよう。発行はあいなめ会であいなめ叢書の一冊である。装幀は駒井哲郎であり、同シリーズには金子光晴の詩集『よごれてゐない一日』もあり、詩人にとって華々しい処女詩集の出発と言ってよかろう。筆名はここでは「加清あつむ」と本名の「鍾」をひらがなに変えているが、基本的には本名による刊行と考えてもよい。詩集のタイトル「六月の風葬」は詩篇「六月の記憶のために」と「葬送」からのモンタージュとあとがきにあるが、前の詩篇は安保闘争で六月十五日に亡くなった女子学生樺美智子氏に捧げるレクイエム、後の詩篇は自分の野辺送りを丘の上から眺める唄である。後の方の詩篇「葬送」を読んでみよう。

葬送

谷あいを
押し出されていく荷車のわだち

車輪が踏みしくうす氷の錯乱
地にはりついた枯葉の重なり
黙して歩む
ひとにぎりの葬列に
葉脈は手ごたえなく折れ

梢が寒空をつんざく丘の上から
わたしがみている
わたしの葬送

硬く連なった稜線の屹立
寂れる、不毛の北の村に
倫理でもって未来を語る
痩せた友と別れて来て

北国の寂れた寒村を自分の亡き骸を乗せた荷車がゆっくりと押し出されていく。何と淋しく哀しい光景であろうか。氏はあとがきで、「わたしには絶えず、」「滅亡の予感」に「晒されている、という漠然とした意識があります。」と述べている。この感情が発酵し、精神の平衡を著しく欠き、生存が脅かされたときに氏は詩を書くのである。つまり詩を書くという行為は氏にとって「生存」を維持してくれる「安全弁」そのものであるといっても過言ではない。

この詩集には金子光晴の素敵な跋文が載っていて、「作品の顔と、作者じしんの顔とがこのくらい緊密なこと」も珍しく、換言すればそれは「じぶんに対しての誠実さを裏書きしているとも言える」と詩人の人柄を述べ、さらに「加清さんの詩にあらわれているかなしみは、一九六九年の今日、戦前の業火に焼かれる日本をやきつけた幼い眼で、戦後の動乱をくぐりぬけ、三十代になった人たちにしかほんとうにはわからない、特別な質のかなしみである」と詩人加清あつむの詩の本質を実に的確に捉えている。そしてこの詩人の未来に「さきざきの仕事の、大きな根としてのこるだろう」とまで予言しているのである。あの金子光晴にそう言わしめるほどの期待された新人であったと言えよう。

第二詩集『めし屋のみ屋のある風景』(昭和五十三年)は、青娥書房から出版されているが、発行者は加清蘭とあり、実の姉である。この詩集以降、筆名を暮尾淳のペンネームに変更している。造本はハードカバーであり、表紙の馬場章の装画は一見シュールな印象を与えるが、詩の内容はあくまでも抒情のリアリズムを造形している。暮尾の詩には何故か雨の詩が多い。水の詩人金子光晴の弟子であるから、雨の詩人と呼んでもいいくらいだ。そのものずばり、「雨」という詩を読んでみよう。

雨

だむ。
た。
た。
た。だ。
いくたびに聞く
プラスチックの庇を打つ雨。
給油所の下を迂回するガス。
青い焰。
アルミサッシの
窓を閉ざし
横になって人は眠る。
にぶい客席灯。
いまごろ過ぎるからっぽのバス。
死んだ人の思い出が濡れる。

暗い庭の針葉樹。
その葉先に
四月の夜が光る。

いきなりオノマトペで始まる詩も珍しいと思われるが、これは雨の擬声語であるのだが、酔っ払いのよろめく足取りの擬態語のようにも捉えることができそうだ。堀切直人は、「詩人にはそれぞれ固有のメロディーがある」と述べているが、暮尾のこの独特とも言えるオノマトペには「呪術性を伴った不思議なリズム」がある。巻末には「暮尾淳の詩集のあとがきとしての金子光晴論（の序説）」という秋山清による跋文が掲載されているが、「暮尾淳は詩がうまい。」と褒めるとともに、秋山自身の詩に対する態度がここで明確に提示されていて興味深い。つまり、「現代詩とは、その一つ一つが発掘でなければならない。あるいは発見、あるいは創造、それを自分で納得しなければならぬ世界である。」と述べ、さらに「詩とは自分を欺かぬこと、だから自分のためにだけ在るもの。」「人のためや人に知られるためや金になるためには役立たずの遊びごとです。それを覚悟したときやっと詩も、」各々の時代に即して「うたえるのだ。」と諭している。

第三詩集『ほねくだきうた』（昭和六十三年・青娥書房）に掲載された詩篇はそのほとんどが詩誌「コスモス」に発表したものとある。その中から、これまた酔っ払いの詩篇をひとつ紹介しよう。

早稲田通り午前二時

よろけ酔っぱらい
二歩、三歩、
雫をしたたらせて駐輪場に向かう。
銀杏の木の下あたり
置きっぱなしの自転車の
前ブレーキ効かず
後ろブレーキは、ギャーッ、ギィーッ。
そいつで夜の街区を走る。
濡れながらペダルをこぐ。
降りかかる雨の
夜を前に進む充実した速度で
——横切る。
影絵のようにライトバンが現われる。

ハンドルを切る。
ガードレールにぶっつける。
——一回転して
おれは冷たいアスファルトに横たわり
そっと息を吐き
仰向けになり伸びをする。
家々の屋根に
電線に
雨あしは遠い風景のように光り
衣服を浸す
少年の日のエクスタシー。
おれはゆっくりと起きあがり
顎の血を拭う。
なあんだ、こんなことだったのか、と
自信のようなものが込みあげてくる。
白い雨合羽の
ポリスマンがやってくる。

大丈夫です
どうぞおかまいなく。

この詩もまた雨の詩である。そして自転車の壊れかけのブレーキ音を表現するオノマトペは生きることの悲痛な叫びのようにも聞こえる。酔っぱらってライトバンに轢かれそうになり、転倒するもまだ生きている喜び。不思議なことに自信のようなものまで込みあげてくるのである。まるで生きてゆく悲哀のようなものを雨が洗い流してくれるようではないか。氏はあとがきで、「私の基本感情は、どうやら悲哀らしい。」と述べ、「詩をいつまでもかいているなんて、恥ずかしいことである。」と思っているのである。しかし親しい人たちの死に遭遇するたびに書かずにはいられないのである。書くことによってその哀しみを何とか受容し、乗り越えてきたのである。また、あとがきには雪景色が好きだったとある。雪は一夜にして全てのものを平等に真っ白に埋めてくれる。銀世界の圧倒的な美しさ。しかし、それは凍傷をも引き起こすもろ刃の美しさなのだ。雪と雨、兄弟の関係である。氏の詩に雨の詩が多いのもなんとなく了解してしまうのである。

第四詩集『紅茶キノコによせる恋唄』（平成六年・青娥書房）には、異国の地とりわけ東南アジアの詩篇が多い。兄貴分として慕った国際報道カメラマン岡村昭彦の連絡役として三十歳前にサイゴン周辺を旅した経験もあろうが、何といってもこの地で数々の名作を遺した金子光晴の影響も大きいのではなかろうか。それにしても私利私欲に走る戦争は、いかに狂気を生み出すか、そんな詩篇とはちょっと趣きを異にするが、暮尾らしい反戦歌をひとつ紹介しよう。

紅葉おろし

でかい唐辛子が目の前にぶら下がっている。
ルナールの赤毛の少年みたいに無邪気な顔をして
おいでおいでをする
あかんべをする。
モミジオロシにするぞ
と怒鳴る場面で目は覚めたが
大根と赤唐辛子をすりくずした
紅葉おろしを初めて口にしたのは
Rのない五月。
若葉に囲まれた人工湖のボートを降り
客のまばらな青いペンキのレストランで
牡蠣でワインを飲みながら

おそるおそる彼女の膝に触った時だ。
もちろんしなやかなその細い手は
おれの腕首をきつくつかんだけれど
瓜実顔には紅葉が散り
東にその夜の白鳥座が現れるころ
あれはもみじおろしというものよと教えてくれた。
芥子《からし》すみそ木の芽和えタルタルソースにドミグラス。
それから彼女はぼくの先生。
食事なんてガソリンの代わりさと嘯《うそぶ》いていた人生に
文化の小さな花が咲き
馬のようにはもう走れない。
人はパンのみにて生くるものにあらず。
だが正義づらした
戦争だけはごめんだぜ。
怨みを残した魂魄に気兼ねせず
おれは昼酒しずかに飲んでいたいから。

反戦抵抗詩の金字塔といわれた詩集『鮫』を書いた金子光晴の弟子と言われるだけあって、愛国心という真綿に包まれた戦争の化けの皮を見事に暴いている。ちょい悪おやじになりきれないところも何故か微笑ましい。

第五詩集『雨言葉』（平成十五年・思潮社）は、氏の詩集の中で一番好きな詩集だ。暮尾詩のエッセンス、雨、酒、追悼、オノマトペが存分に盛り込まれたタイトル詩「雨言葉」は氏の最高傑作といってよい。

雨言葉

すたすたすた
だったよなあSよ
たんたんたん
だったよなあAよ
Hはぺったぺったで
Jはどんどんどんだったろうか。

その順番でこの世を去って行ったのだが

生きている足音を刻みながら
上り下りしたあの急な階段が
暗いキリンの首のように
ぽつんと残っているだけの
青いビニールシートで囲まれた
家の跡地に
今日も十銭単位の商談をまとめて
強い酒を飲んだおれは
そろそろ頭がいかれてきたのだろう
タクシーでまた来てしまい
缶ビールなど飲んでいたが
夕方からの雨は霙まじりになり
いまはどこにも通じていない
吹き曝しの階段の下の
埃臭い三角の透き間に
ホームレスのように
身をすくめていると

いつしか
なつかしいかれらの声が
雨の言葉で
二階四畳半のあたりから降ってきて
過ぎた時間のなかを
てにをはは移動し
しかしおれの居場所はここにしかなく
雨脚はいっそう激しくなり
寒い夜空から街はいちめん
シルバーダークのみずの針。

その天からの針先が
何度おれを刺そうとも
末期のみずを含まなかった
すたすたのSよ
死に急いだ
たんたんのAよ

猫好きだった
ぺったぺったのHよ
どんどんのJよ
今夜は
みんなの雨言葉に耳を澄まし
おれはいつまでもここで震えているよ。

詩人の酔っぱらいは数多いるが、酔っぱらいの詩を書く詩人は本当に少ない。氏にとって酔っぱらうことは、詩を書くことと同等なのである。詩を書くことによって、そして酔っぱらうことによって生きることの哀しみを乗り越えようとしているのではないだろうか、ぼくにはそんなふうに思えるのだ。氏は静かな酔っ払いだ。決して哀しみの押し売りはしない。だから暮尾氏の詩は雨に濡れながら、じっと哀しみが癒えるのを待っているだけなのだ。

この詩集に寄せて二人の詩人が栞に一文を載せているのだが、飯島耕一は暮尾氏の人物像を「他の多くの現代詩人とは異なって、下手に抽象的でも形而上学的でもなく、いわゆる思想的でもなく、二つも三つも低いところにカメラもわが身も置いて、詩人らしい道化の唄をうたっている。」と評し、堀切直人は、「よれよれぼろぼろの詩風はさらに磨きがかかり、よれよれぼろぼろの表現に関しては、この人の右に出る者は一人としていないだろうと思わせるほどの域に達している。」と述べている。いずれも暮尾詩の真髄をものの見事に解析している。この詩風はまさに唯一無二暮尾氏独自のものなのである。

第六詩集『ぼつぼつぼちら』（平成十七年・右文書院）は詩の他に俳句とエッセイも掲載されているので、正確には作品集と言った方が良いのかもしれない。その中から弟の死を扱った詩篇「五月の夜のいたみうた」を読んでみよう。

五月の夜のいたみうた

冷たい氷のうえで
静かに硬直し
黒目を鈍く連ねて晒す
店先の小鯵の皿をみていると
ニーニの声が聞こえてくる。

その前夜から
水も飲まなくなり
それでもよろりと立つと

ヒョロと泣いてひとを呼ぶ白猫の最期を
喰い入るようにみつめているから
死ねないのよと妻は言い
二十年二カ月も生きたのだから
それはしかたないことなのだが
痩せ細り
澄んだ尿をほんの少し出して
それから七時間も喘ぎ
ギャッと一声
ふりしぼるように叫び
茶色い血を吐いて息絶えたニーニは
閻魔蟋蟀をくわえてくるだけの
殺生だったのに
苦しかったろう虫の息
目は開けたままにして
足をそろえ
カンパネーラの白い香り

ジュゥニヒトエの紫
小鰺も供えてやりたかった
通夜をしました。

夜更けに飛降りて
何時間か
ホテルの庭で息をしていたらしい
三十歳の男の臨終は
誰も知らず
想像するしかないので
毎晩強い酒を飲み
あれこれ考えているうちに
入院させられ
その三階の病室の窓から
黄色い月をながめていた
桜の匂う風吹く宵に
おれの居ないぼろ家の二階の

狭い押入れで
白猫シロのお腹から
二番目に生まれてきたという
雌猫ニーニは
生涯
海も
猫の恋も
もちろん弟の笑顔も知らず
なまあたたかい五月の夜に
生きものゆえに
この世を去って行ったのでした。

家族として一緒に暮らしてきた愛猫の最期をじっと見守る妻と作者。生きものゆえの死であるのだが、矢張り死に際というのは苦しいのである。しかしこの猫ニーニは幸せだったのではなかろうか。何故ならば愛する家族に看取られて召されることができたからである。きっと成仏できたに違いない。それに比べて三十歳で投身自殺をした弟のことを思うと可愛そうでならないのだ。しかも氏がなけなしの金をはたいて泊めてあげたビジネスホテルの四階から飛び降り、何時間かホテルの庭で息をしていたらしいのである。一人苦しみながら孤独に死んでいった弟のことを思うと、胸が掻き毟られる思いに駆られるのは当然のことであろう。毎晩強い酒を呷り、しまいには精神まで病んで入院させられてしまうのである。その入院中に生まれたのがニーニなのだ。あたかも弟の生まれ変わりのように思えたのも無理はない。

暮尾淳には、もう一人十八歳で自ら命を絶った姉がいる。当時氏は中学一年生になろうとしていた時であるから、そのショックがいかばかりであったかは想像に難くない。しかも新聞で天才少女画家の自殺と書きたてられたため、そっとしていてほしいという思いは当然強かったと思われる。そしてこれまではひっそりと酒場で彼らのことを偲ぶにとどめておいたのだが、自分も老年に差しかかり、何度か病で死線を彷徨った経緯もあり、自分の胸にだけとどめておくには重荷になってきたのではなかろうか。勿論鎮魂の意味もあり、とうとう二人や岡村昭彦のことを書き残しておくことにしたのである。それがエッセイ「走れメロス」なのだが、この文章を読み、ぼくはアッと思った。これは渡辺淳一の『阿寒に果つ』だと気づいたからである。文学に興味のある医学生であれば、渡辺淳一や南木佳士の小説に眼を通す人は多いのではなかろうか。ぼくも御多分に漏れず彼らの小説はほとんど読んでいた。この小説には時任純子という天才少女画家がヒロインとして登場してくるのだが、阿寒湖で謎の自死を遂げるのである。彼女は実在の女性であり、渡辺淳一の初恋の女性でもあったのだ。本名は加清純子、なんと暮尾淳の実の姉である。家を出てゆく生前の彼女を最後に見たのは、暮尾氏だけであった。それが氏の生涯にわたって消えない影を落とすことになろうとは、この時本人は思ってもみなかったと後述している。

ところで詩集名の「ぼつぼつぼちら」というへんてこりんなオノマトペも、飲み屋での編集打ち合わせで、「クレオ・ジュンさんの遺稿文集のようなもの」になればと命名されたタイトルだとなれば、これもなんとなく納得してしまうから不思議なものである。

第七詩集『地球《jidama》の上で』（平成二十五年・青娥書房）は、色々な意味で暮尾氏を支えてくれた姉、加清蘭子に捧げた詩集でもある。彼女は青娥書房の創始者であり、暮尾淳としての最初の詩集もこの出版社から上梓しているのだ。次の別れの詩篇はとても辛い。

バイバイをした

何万年も引き継いできたいのちですから
その後の毎日が
苦しくないのでしたら
ただ一人生き残っている
肉親の弟として
胃《い》瘻《ろう》の手術に

あえて反対はしません。

ときどき遠い身内から
術後に苦情が寄せられるのを
懸念したという
若い女医に
そう言いながら
しかしおれなら
この姉のように
八十二歳で寝たきり
手足も体も動かせず
言葉も出なくなっていたら
延命医療は断ってほしい
心のなかではそう思っていたが。

翌日は見舞いの前に
叔父さんを慰労したいと言う

母親のいのちを長引かせることに
迷った末に決断したと告げた
一人娘の運転する車で
日帰り温泉に出かけ
波が押し寄せ
岩に砕けて散って返す
絶え間ない海の律動を
ガラス越しにぼんやり見ながら
湯につかりサウナにも入り
病院に行くと。

流れ着いた
白い流木のように
姉はベッドに寝ていて
虚ろな目を細く開けていたが
おれの目線を
一瞬追うような気がしたのは

あの世のほうがいまは賑やかだから
もういいのよと
アイコンタクトを求めてきたように
おれは思ったからで
しかしおれはそれには応えず
バイバイをした。

帰りの飛行機では
何万年も引き継いできたいのちですからなどと
心地よい台詞を用意していた自分が
ひどく恥ずかしくなり
ウイスキーをがぶがぶ飲み
ごめんよごめんね
おれは何度か呟いたらしい。

若い時期に二人の姉弟を亡くした暮尾にとって共に助け合って生きてきた兄と姉は特別な存在であったのであろう。その最後に残った姉が今危篤状態にあるのである。たった一人取り残されてしまう淋しさと孤独は言葉に言い尽くせないものがあるに違いない。自分が決して望まない延命治療まで了承し、「もういいのよ」という姉の心の声まで無視し、後ろ髪を引かれながらも今生の別れを告げてくるのである。姉に辛い思いまでさせてすまないという自責の念が、ウイスキーをがぶ飲みさせ、うわごとのように「ごめんよごめんね」と呟かせるのである。

昭和二十年の終戦当時、暮尾少年は六歳であった。幼いながら日常的に多くの死と身近に接し、さらにその後の度重なる家族の死、氏は若くして人間とはいずれ死に行く生き物であるという恐怖心を心底実感したに相違ない。第一詩集で自分の野辺送りをまるで俯瞰するように書き残したのも、自分の死を乗り越えるための已むに已まれぬ一種の儀式であったのかもしれない。

氏は若くして秋山清、伊藤信吉、金子光晴を知り、華々しい詩的出発を遂げたといえよう。当初から秋山氏に「暮尾淳は詩がうまい。」と言わしめたほどの早熟であったのである。「詩のことばの問題とは、活写とメタファーである」とし、詩を書くことは「対象との緊張関係からものごとの本質を攫みだすという意思的表現行為である」と自ら述べたように、詩作することはまさに氏にとって骨身を削る行為であったといえよう。だから初期の詩的表現にはガラスの切っ先のような鋭さが張っていた。ところが年齢と共にその作風は徐々に変化してゆき、風変わりなオノマトペを含む一見ノンシャランな独特な作品へと変貌してゆくのである。しかしよくよく精読してみれば丸山薫賞の選評で八木幹夫が、「読み込むほどに、その語りの重層性には含蓄があり、主体の転位していくさまは、」正に「氏が獲得した詩的散文体ともいうべきものである」と称賛しているように、実に味わい深い哀しみを基調にした優れた詩なのだ。

私事になって恐縮だが、ぼくの第四詩集『極楽とんぼのバラード』は定型詩集の第三弾で、詩的リアリズムを追求した作品集であったのだが、すこぶる評判が悪く落ち込んでいた時期があった。そんな折、八十歳の老嬢が一人でやっているヤキトリ屋から帰って来て、「そうだろうなあ、そうだろうよ、などと思いながら読ませていただきました。わたしは一九三九年生まれのじいさん、愛と哀、そんなことを感じました。」という氏からの礼状を頂き、ぼくはどんなに勇気づけられたかしれない。暮尾さんの優しさは本当に尋常ではないのだ。

暮尾氏は若くして姉と弟の死に遭遇し、恐らくは死の呪縛から一時も逃れることができなかったのではなかろうか。それはどうして姉弟の死を食い止めることができなかったのだろうかという自責の念に当然繋がってゆくのである。つまり氏にとって詩は彼らに捧げるレクイエムであるとともに自身が生き続けるための安全弁でもあったのだ。言い換えるならば詩は誰のものでもなく、自分のために書くものだという秋山氏の言葉通り、氏は生きるために書き続けてきたのである。だからこそ暮尾氏の詩の底流には言い知れぬ愛と哀しみが満ちているのではなかろうか。ぼくにはそんなふうに思えてしょうがないのだ。

詩を愛し、旅を愛し、女性を愛し続けた詩人　諏訪優

諏訪優といえば、アレン・ギンズバーグの『吠える』や『カディッシュ』などを翻訳し、いち早く日本にビートジェネレーションを紹介した詩人として有名である。又、昭和三十八年頃からニュージャズ合同の詩の朗読会を頻回に開催しており、当時の若い詩人たちに多大な影響力を及ぼしたことも周知のことである。ぼくの敬愛する青森県詩人泉谷明も彼が訳したギンズバーグ詩集からビート詩人としての詩的出発を果たした訳であるから、ぼくにとってもとても大切な詩人といえる。諏訪自身もビート詩を書き、日本を代表するビートニクなのではあるが、ぼくはむしろ五十歳を過ぎてから書かれた詩集『谷中草紙』以降の、男と女の淡い大人の恋心を描いた詩篇に何とも言えない魅力と愛着を感じるのである。総じていえば愛の詩といってよいのだろうが、日本特有の少し湿った風土と歴史を背景に、隠微な男女の関係をしめやかに謳った諏訪優独自の詩的世界なのである。

モテる男は詩を書かない。というのがぼくの持論なのだが、その範疇から逸脱している少数派詩人の一人が諏訪優だと思っている。ぼくが愛読している同人誌に、高階杞一が主宰する「ガーネット」があるが、その83号の「一編の詩から」というコーナーで嵯峨恵子は、一度だ

け詩の教室で諏訪氏にお目にかかり、「帰り際、諏訪さんににっこり微笑まれてドキッとした。若かった私でさえこれは危険だと感じられた。非常に魅力的で引き込まれそうな微笑みだった。」と述べている。彼がいかに詩人には珍しいモテ男だったのかが如実にわかるエピソードである。恋愛の詩は実はとても難しいものなのだ。空想だけでは中々書けるものではない。彼がモテ男だったが故に、最晩年まで恋愛詩を書き続けることができたのではなかろうか、とぼくはそんなふうに思っている。

北園克衛のモダニズムで詩に目覚め、西脇順三郎のシュールレアリスムの洗礼を受け、アレン・ギンズバーグのビート詩で飛躍し、最後には独特な愛の風狂詩を確立した諏訪優。これほどの変遷を遂げた詩人も実は珍しいのかもしれない。「人間は変わるのが当たり前だ。変わらないのは神様だけさ。」と言って、古い殻をどんどん脱いでいったのは〝ビートルズ〟のジョン・レノンだったと諏訪は自分のエッセイにも書いているが、先人の叡智を次々に貪欲に学び取ってゆく姿には正直一目置くしかない。しかしこの度重なる作風の変貌にもかかわらず、一貫していたのは常に愛の詩を書き続けたことであろう。愛の喜び、愛の儚さ、愛の苦しみ、彼は正に稀代の愛の詩人だったと言ってもよいのではなかろうか。

それでは簡単な略歴から見ていってみよう。昭和四年東京生まれ。父は画家であった。妹が二人いたが、末の妹は六歳で亡くなった。都立武蔵丘高校を経て明治大学文芸科に学ぶ。在学中から詩作を始め、大学新聞に書評などを書く。昭和二十四年、吉本隆明、青山孝志らと雑誌

「聖家族」を創刊。昭和二十八年から昭和三十二年にかけて北園克衛のVOUクラブに所属。昭和三十一年（二十七歳）第一詩集『割れる夜』（VOUクラブ）上梓。昭和三十二年、第二詩集『夜の髭』（オニオンプレス）上梓。昭和三十三年、インターナショナル英文雑誌「KAST」創刊。主としてアメリカの若い詩人たちとの交流が始まる。昭和三十四年、第三詩集『YORUを待つ』（書肆ユリイカ）を上梓。昭和三十八年、評論集『アレン・ギンズバーグ』（Doin'グループ）上梓。詩の朗読会を盛んに開催する。昭和四十年、訳詩集『アレン・ギンズバーグ詩集』（思潮社）、評論集『ビート・ジェネレーション』（紀伊國屋新書）上梓。昭和四十一年、フォア・レディース・シリーズ『女流詩人』（新書館）、評論集『アメリカ文学うら街道』（文建書房）上梓。昭和四十二年、第四詩集『精霊の森』（思潮社）上梓。昭和四十五年、評論集『吠える』（他人の街社）上梓。昭和四十七年、短篇集『西風の幻の鳥よ』（弥生書房）上梓。昭和四十八年、第五詩集『アメリカ・その他の旅』（NOVAKAST PRESS）上梓。昭和五十年、第六詩集『旅にあれば』（無限）、エッセイ集『日没の夢の中で』（白川書院）上梓。昭和五十二年、第七詩集『帰る場所』（紫陽社）上梓。昭和五十五年、第八詩集『谷中草紙』（国文社）上梓。第九詩文集『ブラック・マウンテンへの道』（書肆氷花）上梓。昭和五十六年、現代詩文庫『諏訪優詩集』刊行。昭和五十八年、第十詩集『田端事情』（思潮社）上梓。昭和六十一年、第十一詩集『太宰治の墓　その他』（思潮社）、エッセイ集『芥川龍之介の俳句を歩く』（路青社）上梓。昭和六十二年、第十二詩集『坂のある町』（路青社）上梓。昭和六十三年、第十三詩集『太郎湯』（思潮社）上梓。平成元年、女流書家芳江と再婚。平成四年十二月二十六日、食道癌にて逝去、六十三歳であった。平成五年、遺稿詩文集『田端日記』（思潮社）、追悼集『言葉よ、風を孕め』（天機会編）刊行。平成六年、遺稿エッセイ集『東京風人日記』（廣済堂）刊行。

第一詩集『割れる夜』（昭和三十一年・VOUクラブ）は、VOU詩人8人集の一冊として刊行された。縦九センチ、横十二・七センチの正にリトルマガジン風の小詩集で、表紙には少し歪んだ円錐と正方形の図形と傘の写真が用いられており、一見して北園克衛の装幀と分かる。二十七篇の比較的短い詩篇が多いが、その中から「金曜日」という詩を読んでみよう。

金曜日

電柱の影から
青い少女が生れる

歯にしみる秋
むし歯の中で
ガラスが割れる

アスピリンの月

月夜の
赤い
チカ　チカした
球形のオペラ

ＶＯＵクラブは昭和十年に北園克衛らによって結成されたクラブの機関誌である。前衛運動の代表誌として、若き日の黒田三郎や寺山修司、白石かずこらも参加しており、諏訪優も最初にモダニズムの洗礼を受けたことは注目に値する。

第二詩集『夜の髭』（昭和三十二年・オニオンプレス）は詩を二篇だけ載せた小冊子風の詩集であるが、フランスに住む友人 ANDRÈ MIGUEL からこの詩集のために贈られたデッサンを載せるなど、簡素ではあるが極めてハイセンスな造りになっている。「ＡＴＴＡＣＫ」３号にも発表された第二の作品を読んでみよう。

■

火の中の12月
不安な夜
が崩れ
僧正のように
赤い月が割れる

　　　夏は
　　　毒蛇のすむ村にいた
　　　女は木のように堅く
　　　水はきたない

消えゆくものら
また
美しく死を装うものら
が

深い眠りの
背中のあたりを過ぎ去つた

夜の髭
のなかで

限りなく消え去るものら
そして紫の火も消え
光の
わずかな破片すら
巨大な闇に吸い取られてゆく

諏訪氏は敬愛する北園克衛の影響なのだろうか、この詩集の前後世界各国の雑誌に詩を寄稿しており、さらに昭和三十一年には英語版の詩画集『東と西を流れるもの』、三十三年にはイタリア語の詩集『LA CUPA NOTTE』（暗い夜）をフィレンツェで出版している。この詩集もその流れを汲むものと思われるが、モダニズム詩でありながら作風に深化と奥行きが加わったように思える。

第三詩集『ＹＯＲＵを待つ』（昭和三十四年・書肆ユリイカ）は、昭和三十一年から三十四年にかけての二十代後半に様々な雑誌やアンソロジーに掲載された詩篇から成る詩集であり、いわば青年前期の総決算といえよう。その中から、「夏」という詩篇を読んでみよう。

夏

みどりの牛にまたがった
神は
暑さ知らずで
無花果の葉蔭から
のぞいている
僕のことなど
おかまいなしに行ってしまった

空を向き
昆虫の国の午後を考えた
喉が乾き

スモモをかじると
実に野蛮な味がする

大きなタバコの葉かげで
トカゲのように眠ったが
やがて
土管のように太い手をした
百姓がきて
僕を揺り起すのだった

西脇順三郎は諏訪氏のもっとも尊敬する詩人の一人であり、彼は「西脇ゼミナール」のメンバーとして数年間講義を受けているが、この詩はその西脇氏へのオマージュ詩ではなかろうか。「神」や「スモモ」などの詩語はあの有名な西脇特有のギリシャ的抒情詩を彷彿とさせる。

第四詩集『精霊の森』（昭和四十二年・思潮社）は三十代の初めから後半にかけて書かれた十九篇からなる。二部構成となっており前半は行分け詩、後半には八篇の散文詩が掲載されている。この頃氏はビートジェネレーションの紹介者として多忙を極めていた時期なので詩集は少ないのだが、ビート詩に関する多くの訳詩集や評論集を刊行している。後半の散文詩は夢魔の世界を扱っており、どちらかといえばアンリ・ミショーの悪魔祓いの詩を連想させる。前半の詩篇から「夏やすみの少年」という詩篇を紹介してみよう。

夏やすみの少年
to Iris

美しい夏やすみの少年は
釣りあげた魚をガラス壜に泳がせると
青い空と雲のうつる
湖水に向けて
小便の弧を描くのであった

少年はパイプのようなかなしみを見る
かがんだ父の背と魚と
魚は　やがて
口を空に向けて死んでしまった
少年は涙をじっとこらえるのであった

わたしはきみに　夏の思い出を残そう
きみの母である少女を愛し
すこしばかりの自由の中でねそべり
夕暮れになると羊歯の茂みに水をやっていた
父の思い出を残そう　美しい夏やすみの少年よ

五行三連の美しい詩篇である。ギリシア神話に登場する虹の女神イーリスに捧げるオマージュ詩であるが、ガラス壜、小便の弧、放水の際の虹色、少年の涙と煌めき、西脇の影響はまだ残るものの、諏訪氏独特の湿性のエロスが行間に垣間見られる。

第五詩集『アメリカ・その他の旅』（昭和四十八年・NOVAKAST PRESS）はビート詩集である。第二次世界大戦後のアメリカに起こったビート運動は、抑圧的で非人間的な機能を持つ社会体制と、そこに安住しようとする保守的で中産階級的価値観から、本来あるべき人間性の解放を目指した一大ムーヴメントであった。その中心的役割を担ったのがビート詩人たちであった。では何故詩人たちであったのだろうか。その問いに諏訪は「詩は人間が創り出すもののうちで最も素朴なものであり、魂に最も密着した肉声の芸術だからである。」と述べている。つまり魂の言葉、それが詩なのである。この詩集は旅の詩を纏めたものであるが、ビートニクといえば旅、しかも放浪の旅である。彼らはアメリカ国内だけではなく、メキシコや南米、インド、そして日本にまでも実際に放浪の旅をつづけたのである。諏訪も昭和四十五年、アメリカ各地を旅しており、その時の経験から次に紹介する長編詩「アメリカ」は生まれたのである。正に日本語版「吠える」といっても過言ではない。十七頁にも及ぶ大作なので最初と最後の部分だけを転載する。

アメリカ

海の彼方へ、片雲の風さそう。目ざめれば、眼下に西海岸の波洗う岸辺。急速に翼は傾いて昼下りサンフランシスコに降りたつ。

＊

アメリカよ　こんやもお前はわたしを眠らせない
サンフランシスコのパウエル通り　マンクス・ホテル212号の窓の下に
夜通し酔漢にわめかせ　スカートを持ち上げてガードルを直す娼婦を立たせ　ホモ野郎に
　嬌声を上げさせる

アメリカよ　75セントのハンバーガーと25セントのオレンジ
サイドテーブルに置いたオレンジがしだいにふやけて女の顔になり　一九七〇年十月のわたしの唄を唱う
それは曲りくねった奇妙な歌だ
運命のはるかな土地への奥の細道
やさしい　やさしい　ジョアンナ
おまえに惹かれて　わたしはサンフランシスコの乳房から離れられず　いま　赤ん坊のように泣く
少女ジョアンナは白い肌の奥の薔薇色の肉を開く
ミルクのように濃い霧が　午後三時のノブ・ヒルを包み　わたしの窓にブラインドをおろす
おまえのおかあさんは書いた
おまえのおかあさんは愛の詩人
「ロスアンゼルスでわたしは愛のために泣き通した」と
おまえのおかあさんは書いた
アメリカよ　わたしは混り合ってよどんだおまえの血におどろく
その血はわたしをあたたかく抱く

その血はわめく
その血は　ときにそっぽを向く
おまえが紙コップに注ぐコカコーラと　そっと取り出して火をつけたマリュワナの煙
その煙で朦朧としたわたしの内部　その幻の野原をインディアンとデンマークの金髪の少
女が走る
ウイスキーのラベルで笑っている陽気なジョニー
そうして　アメリカよ　こんやもお前はわたしを眠らせない
マーケット通りの地下鉄工事の夜間工事が　巨大なアメリカの心臓のような音をたてる
その音はノブ・ヒルを駆けのぼり　チャイナ・タウンの屋台をひっくりかえすと　エコー
はふたたびユニオン・スクエアにもどり　鳩たちに〝クックー〟と啼かせる

（中略）

ある日　ベニスのコミュニティでリチャードたちとマリュワナを喫う
いじましい若者たちの儀式だ
それから夜中までライト・ハウスでジャズを聴き　通りの石ころの中から鍵を探してテッ
ドの家に足音をしのばせてもぐりこんだ

明日はジ・アザー・サイドでわたしの詩を読み　それをロスの詩人たちに捧げよう
わたしは日本にうまれた日本人だ
だが　わたしを眠らせないアメリカよ
いま　わたしはどの国にも属してはいない　どの風土にも属してはいない
わたしは　わたしの別の世界　別の暑さ　別の寒さ　別の風のおののきにいま属す
そして言語の埒外にある一匹の蛇である！

魂の言葉で書かれた詩、虚飾のない日常語で書かれたこの疾走感こそビート詩の真骨頂である。諏訪はビート・ジェネレーションの紹介者であるとともに実作者でもあり、名実ともに日本におけるビートニクの第一人者である。多くの若い有望な詩人たちに与えた精神的な影響を考えれば、その功績は極めて大きいのではなかろうか。

外国の詩を原文で解することのできないぼくにとって訳詩はどんなに素晴らしいものであっても、一枚ベールがかかったようでどうにもしっくりこない感じがしてならないのだが、この詩篇「アメリカ」は、実際のビート・ジェネレーションの渦中において書かれたものであり、しかも日本語で書かれているものであるだけに、そのスピリチュアルなパワーが直接地肌にビンビンと伝わってくるのである。あとがきにも記しているように、詩人は旅人であり、できれば放浪者であり続けたいと願うのが諏訪の本音でもあり、現実の旅、内的宇宙への旅、そして過去への遡行と未来への旅を続けることこそが彼の理想の旅といえるのであろう。
第六詩集『旅にあれば』（昭和五十年・無限）は前詩集と一変して日本の旅の詩篇である。日本回帰の詩集とみれば、西脇順三郎の『旅人かへらず』を思い起こしてしまうのだが、本人もそのことを多少意識していたのではなかろうか。そして日本の放浪詩人の代表といえば、何といっても芭蕉なのだ。次の詩篇はその憧れの芭蕉を題材にした詩である。

一九七三年・春
飯田隆昭に

四月のある日——
入江の弧に沿って
湿った風が吹く
伊勢　松阪　伊賀の上野
風に乗って内陸に向えば
忍者の風
俳諧の風

四月のある日――
足音をしのばせて
春の薄陽は間道をゆく
山ふところへ向けて
湿った風が吹く
森を目指して鳥が一羽
こぼれ落ちる空
芭蕉の空がある
日本の空がある

四月のある日――
風に乗って　はるかな
丘の上の墓地をかすめれば
石は刻んでいる
光と影の
春のすべて

四月のある日——
石はさまざまな顔をして立つ
湿った風の中
長い時間をかけて
匂う春の土の上に
彼らは黙ってただ立つ
——黙って立っている

それにしても切ない詩である。憧れの芭蕉の故郷を訪ねての旅。湿った風と春の薄陽と烏、あとがきにもあるように、「日暮れて、道とおし」の感が強い。同じ旅の詩集ではあるのだが、前詩集とのこのギャップは一体何なのであろうか。この変貌こそ諏訪詩の始まりと言ってもよかろう。

第七詩集『帰る場所』（昭和五十二年・紫陽社）も旅の詩集であるが、二部に分けられており、前半のＩには、「Ｓ子とＨ子へ」とサブタイトルがつけられている。その中から「雪の弘前」を読んでみよう。

雪の弘前

旅のおわりは寺町へ行った
晴れた朝の新雪を踏んで
丘の鼻へ向けて三十三寺
津軽家の菩提寺で行止った
岩木山を真正面に見た
白銀の山頂に
雪煙が巻いている
光が溢れ　風だけがかすかに動く
あまりにも晴れている
気の遠くなる一瞬だった
百年二百年はまたたきのうち
ここに立った人のことを思った
ここに立つだろう人のことを思った

異様な霊気の中をかき分けて

寺町の辻に引きかえした
童顔の地蔵に花を手向ける老女を見た
老女は石の頬やつめたい手を撫で
こんどは色鮮やかな駄菓子を供え
地蔵に向って語りはじめた
それは子を亡した若い母親の言葉だった
立ちすくむわたし
老女の背はまるくて優しかった
生きるということはなんと悲しいことだ
晴れた朝　旅のおわりは寺町へ行った

青森県も意外と霊場の多いところで、下北半島の恐山は有名だが、弘前市と五所川原市には津軽三十三観音霊場がある。母方の祖母が亡くなった時、従兄にちょっと変わった霊場が近くにあるから行ってみませんかと誘われて訪れたのが、火葬場から歩いてすぐの川倉賽の河原地蔵尊だった。カラフルな衣装を纏った数千体の地蔵が安置された地蔵堂、人形堂は不思議な異空間を作り上げ、子を亡くした親たちの悲しみに満ち溢れていた。この詩もその逆縁に生きることの悲しみを切々と訴えているように思えてならない。

第八詩集『谷中草紙』（昭和五十五年・国文社）の詩集で諏訪優の詩境は大きく変貌した。それは実生活の大変な危機から生じたものであると推察される。その辺りのことはエッセイなどでもほとんど触れていないので不詳であるのだが、どうやら様々な女性関係のもつれから家族と別れて、日本福祉大学の教授の職も辞して下町に移り住むようになったのではなかろうか。がらりと趣が変わった詩篇「坂」をまずは読んでみよう。

坂

藍染川が流れていた
谷中村や根津村は
もう無いけれど
たくさんの寺
たくさんの墓
だから
たくさんの
女たちの
ため息が聞えるのだ

白い首筋が匂うのだ

たえだえに
女たちが登っただろう
菊坂に動坂　団子坂
血をにじませた冬のたそがれ
たくさんの
女たち想いながら
ひとりの女に逢いに
坂を登る
逢初坂

ああ　ハラハラと
今年も
木枯しに木の葉が散る

これまでと違ってこの詩集の造本は実に洒落ている。薄緑の背景に淡いタッチで描かれた猫の絵の外箱を外すとフランス装の少し薄めの本体が出てくるのだが、その表紙絵には江戸時代に書かれた谷中の地図を使用しており、馴染の古書店鶉屋の主人に提供してもらったとある。頁を捲れば、そこには男女の気ままな逢瀬や恋心がさらりと描かれており、あたかも江戸時代にワープしたような小粋な詩篇なのだが、男女の地獄を経験したものでなければ書けない凄味もあるのだ。渋沢孝輔はこの詩境の変化を「かつての若やいだ、そしていくぶん悲愴な高揚のかわりに、危うげながらも一種けだるい安定を得ているようであり」と述べ、「壊れ易い存在を優しくいとおしむようなその淡いタッチが、かえって妖しく夢幻的な世界を過不足なく描き」だしていると称賛している。かつてこのように男女の関係をさり気なく艶っぽく表現し得た詩篇があっただろうか。この詩集は正しく諏訪文学が確立された記念碑的詩集といってもよいのではなかろうか。

第九詩文集『ブラック・マウンテンへの道』は、この本の刊行の四年前の最後のアメリカ旅行のノートを基に纏められた本である。詩、日録、散文からなっており、「フェイスビル N.C.」という詩篇は旅の詩である。

フェイスビル N.C.

限りない空の青に向って

交わろうと傾く大地の悲しみ
アトランタで乗りかえたPM航空の汚れた機体に
奇妙な安らぎを感じる
機内は
かすかに田園の気配
空気に　水に
となり合せた老婆の眠りに

はたしてわたしは
失速気味なこの旅の終着点
ブラック・マウンテンに届くだろうか
とりあえず　いくつかの点と点
フェイスビル
そして
ローリンバーグへ
わたしは　届くだろうか

これまで係わってきたアメリカ詩に自分なりの総括をつける目的の旅だったのであったが、懐かしさと不安で、心は飛行機の翼の如く大きく傾くのであった。ブラック・マウンテン・カレッジはアメリカのノース・カロライナに一九三三年に開校され二十三年後に閉校した幻の大学である。この大学はアメリカの前衛芸術、とりわけ現代詩に多大な影響を与えたのだが、諏訪は実際にその地に立ち、その地の空気を吸うことによってこの大学が果たしてきた役割を検証しようとしたのである。旅の詩集というよりもどちらかといえば教育的観点から書かれた本であり、彼のアメリカ詩への一つの到達点であり、総決算といってもよい。

第十詩集『田端事情』（昭和五十八年・思潮社）は、いわば『谷中草紙』の続編である。男と女の背反する恋心。たそがれた谷中の路地。許されぬ恋の果ての孤独と癒し。まずは諏訪文学の真髄といってもよい最初の詩篇「谷中草紙」を読んでみよう。

谷中草紙

祭りのおわった石段には　ほら
郷愁と気まぐれが残っている
綿アメの棒と　破れた風船と
子供たちの足跡が散らばっている

谷中二丁目に五年目の秋がきて
わたしたち　晩菜を買いに蛍坂のぼる
谷中銀座に赤い夕日　空が傾いている
鯖の縞が青い　梨の尻

たそがれて路地をたどる　逢初川
酒場のノレンと百恵が風に揺れている
下宿屋の二階からジョン・レノン
熱燗が恋しい　六十年代がなつかしい

いまは暗渠の藍染川　まがりくねった道を
わたしたち　逃亡者のように歩いていった

もう若くはない男と年の離れた若い女の世を偲ぶ恋路。職や名誉を捨て、家族を捨ててまで道ならぬ恋に生きるということは、決して生易しいものではない。富や栄華からかけ離れた生活には、何故か坂の多い田端の仮住まいがよく似合う。まるで逃亡者のようにひっそりと暮らす二人。ここには悲痛なほど純粋な愛が描かれている。小説で言えば女性に真の愛を求める永井荷風の人生への探求に通ずるものがある。荷風も外遊したり、慶応義塾大の教授職を辞したりとその境遇において類似点が見られるのも偶然ではなかろう。諏訪が所属していた俳句の会、天機会では仲間に荷風山人と呼ばれていたのもむべなることである。

第十一詩集『太宰治の墓　その他』（昭和六十一年・思潮社）は、世にも珍しいお墓の詩集である。しかも架空の人物七人と敬愛する文人七人のお墓に纏わる詩集なのである。田端はお寺の多い街である。諏訪は何故か墓めぐりの愛好家で、しかも墓フェチであったといえる。ここでは「永井荷風の墓」を紹介してみよう。

永井荷風の墓

・田端の里に、夜通し、しょぼくれた雨が降っていた。目がさめると雨は止み、深い靄。
やがてそれが晴れて、薄日がさしてきた。春の気配。
思いたって、荷風の墓を雑司が谷墓地に訪う。（用心のため傘を持った）
田端から国電で大塚へ。大塚からは、現在唯一の都電に乗って三つ目の雑司が谷でおりる。
「春の花見ごろ午前（ひるまえ）の晴天は午後（ひるすぎ）の二時三時ごろからきまって

風にならねば夕方から雨になる。」（「日和下駄」）
墓地に入って〝一種一合の七〟を目指す。

不思議な人である
遊び上手だったか
それとも
女を（自分以外を）
信じられなかったか

不思議な文学である
彼にとって唯一
書き甲斐のあった人間
（売笑婦を）
書きつづけ
類いなき完成を示した

＊たとえば「腕くらべ」、わたしには「断腸亭日乗」も

・「万事が抜け目なく胸算用から割り出されてのみいるのに、自分ながら少しきまりの悪いような妙な気がした。」（「腕くらべ」）
・「女をくどくやまず小当たりに当って見て駄目らしければ退いて様子を窺う気合、これ己を知るものなり。文芸の道また色道に異なるなし。」（「小説作法」）

ふむ！　淋しい人よ
永井荷風墓
の前に立つ
見事な槇の木を従えて
いい墓である
背景に
サンシャインビル
何となく
似合うような気もする
不似合いな気もする
しきりに鴉が啼く

・その時、空の色が急に黝んできた。漱石、抱月、八雲などの墓もあるが参るのを止め、鬼子母神を目指して墓地の西側を抜ける。（小学生時代、六年間歩きまわった場所だが、今や不明なことあまりにも多し）わが母校目白小学校うらを通りて目白駅へ。〝やぶ重〟で冷酒（白鷹）と天丼（並）。夕刻田端へ帰る。

・帰りてみれば、ポストに、〝思潮社〟より稿料千八百円振り込みの便りあり。佳き日なりき。

諏訪と永井荷風の類似性については先に述べたが、どちらも外遊を経て西洋の芸術を日本に伝えた、自己の自由と独立を最優先した個人主義者であったのだが、永井は女性を人生を豊かにしてくれる存在として捉えたのに対し、諏訪はあくまでも愛する存在としたところにその違いがあったのではないかと思う。この詩には永井に惹かれながらも反発する気持ちがよく表れている。

第十二詩集『坂のある街』（昭和六十二年・路青社）は散歩仲間で飲み仲間の画家、棚谷勲の銅版画との合作である詩画集である。谷中や田端はじつに坂の多い街である。坂といえば、ぼくはすぐに八戸の詩人、村　次郎の「坂ってものはかなしいものだ！」というあの有名な科白を思い出してしまうが、坂は正に人生そのものであり、苦しいものなのである。この詩集のタイトルは、諏訪氏の若い友人、小池昌代氏の同名の詩篇から使わせてもらったとあるが、坂を愛する詩人は意外と多いのである。最後の詩篇「秋のうた」を読んでみよう。

秋のうた

夕陽が坂をころげ落ちる日
木と水の町の女をおもう
美しく乾いた日があった
いまも脳髄の青空に残る
秋のビオラのささやき

夕陽が坂をころげ落ちる日

ため息は夜の暗さ秘め
坂のぼるにつけ　くだるにつけ
きょうも夢に通う女よ
ひとりわたしは
たそがれに向けて歩いている

人生は決して平坦ではない。山あり谷ありというけれど、日々坂の上り下りを繰り返しているようなものである。そして苦しいものであるだけに、思いがけない眺望が開けたときの感動は、誰にとってもかけがえのないものなのであろう。いま人生の下り坂にあって、ころげ落ちる夕陽を見ながら、筆者の胸に去来する想いは何だったのだろうか。

第十三詩集『太郎湯』（昭和六十三年・思潮社）は生前最後の詩集となる。大好きだった太郎湯への足取りも重くなってしまった。老いを意識した寂寥の詩篇が続く。「夏は来ぬ」は、詩というよりも俳句的詠嘆である。

夏は来ぬ

月が出て　ヤモリ
這い上る
磨りガラス
パタン！

日記帖　閉じる
恋のおわり
予感する

〝長かったなあ　人生〟

アッ　詠嘆はイケナイ
ゴムのゆるんだ猿股のように
ミットモナイ

風もあり　月も出て
カルガモが列になって走る
五十九歳の初夏である

それにしてもなんとも淋しい詩である。まるで俳句を連想するような写生的詩篇である。女と別れて身を隠すように移り住んだ田端は坂の多い町で、「田端とは、住んで極楽、居て地獄、慈悲もないのに寺八軒」と俗謡にも歌われており、芥川龍之介命終の地でもあるのである。「我鬼」という俳号を持つ芥川であるが、諏訪には『芥川龍之介の俳句を歩く』という好エッセイもあり、芭蕉同様に深く傾倒していたのが窺われる。芥川の影響か諏訪自身も「苦斎」と号して俳句を楽しんでいたようだ。

遺稿詩文集『田端日記』（平成五年・思潮社）の最後には、「田端日記」という短編が記載されているが、これはフィクション仕立てに描かれてはいるものの、恐らくは彼自身の許されぬ恋の顚末そのものであろう。そして「近況報告」という詩はあまりにも切ない人生の泣き笑いではなかろうか。

近況報告

秋　半年ぶりにパイプをくわえる
シシリアの薔薇の根は乾いて
火皿の奥でかすかに風の音がする

この香わしい祝祭
ひるがえって　ひたすら耐えた煉獄の夏
人生の痛さとおかしさに泣き笑いした

つまらない思い出だけが残っている
痩せ細った胸の骨に止って
夜になると騒ぎ出した見えない鳥よ

特急電車からとびおりて
無人駅の便所にしゃがんだ八月の午後よ
〝オオ・シンツク〟

秋がきて　乾いた木の枝で
ツクツク法師が鳴いていた

この詩は食道癌と診断された後の作品だろうか。余命いくばくもない蜩の鳴き声に自分の身の上を重ねたように、諦念を含んだ哀しみが行間に滲み渡っている。諏訪氏は平成四年の六月に胸の悶えを訴え、その六か月後に妻芳江さんの必死の看病も空しく亡くなったのだ。死の十二日前には、「死の寸前まで、芳江とふたりきりでいれたことがうれしい。」の絶筆を残しているが、本当はもっともっと生きたかったに違いない。道ならぬ恋に生き、様々な愛に翻弄された詩人がようやく安寧の日常に生きようとしていたのだ。

詩人諏訪優にとって、詩とはいったい何だったのだろうか。彼にとって詩は正に、女性そのものだったような気がする。昭和四十一年に刊行した『女流詩人』を読んでみるとぼくにはそう思わずにはいられなくなる。この著書の中で、「女性の感情の襞は、詩というものの複雑さ多様さとたいへん近いように思われる」と書き、「女性は元来みな詩人なのではないだろうか」とさえ述べている。彼の詩がモダニズムからビート詩そして風狂の詩へと移り変わっても、詩の対象として常に女性の美と愛を追求してきたことを思えば、この回答には納得がいくのではなかろうか。女性の特質に多様さと美があり、それに加えての愛をしきりに強調している。彼が追い求め続けた詩は、その愛そのものなのである。稀代の愛の詩人諏訪優は、その全人生を懸けて愛することの尊さを謳い続けたと言えるのである。

金井雄二の詩の原石は平凡なる日常の中に在る

金井雄二は詩の題材を、意識的にそうしているのかはわからないのだが、そのほとんどを自分の日常の中から掬い上げ書き続けてきたと言える。それは例えば朝の眩しい光りであったり、妻が朝餉の支度をする音であったり、小さい頃見た夕焼けであったり、子供との触れ合いであったりするのだが、何も特別なことではなく、誰でもが経験するであろう平凡な日常の出来事なのである。そんなごく普通の日常の出来事が、詩人金井の目に留まり珠玉の詩篇に生まれ変わるのだから驚きだ。しかもそれらの詩には、難解な詩語や言い回しはほとんど登場しない。ましてや修辞技法として、詩の生命線とも言える暗喩や直喩さえもがほとんど使われていないのだ。昨今の現代詩の傾向からみればむしろ大変珍しい作詩法であると思われる。

ぼくが詩人金井雄二の名前をとりわけ意識するようになったのは、ふらんす堂通信の受賞作品特集に第一詩集と第二詩集が掲載されているのを初めて見たときからである。連続受賞なんて凄いなあと思ったのだが、すでに詩集は品切れであり、いったいどんな詩を書く人だろうと気に留めていたのである。年齢はぼくより三歳若いけれどほぼ同世代、後日ネットで詩集をやっと手に入れ、一読してすぐにその詩の虜になってしまった。なんとも心に深々と染み入る素敵な作品であったのだ。

金井の詩は一言で評すれば感動の詩である。彼はまるで仏師のように魂を込めて一刀一刀心血を注ぎ込みながら彫りあげ、磨きあげ、詩篇を完成させてゆくのではなかろうか。推敲も恐らくは半端ではなく、血の滲むような思いを重ねて彫琢してゆくのではなかろうか。だからこそ言葉が真っ直ぐに心に届くのである。何の修辞技法を凝らさずとも心の奥底にしみじみと届くのである。そして誰でもが気付くのである。何気ない平凡な日常にこそ真の感動が潜んでいることを。彼にとってそれは生きることがどんなに素晴らしいことかを詩で表現することなのである。

それではまず、簡単に氏の略歴から紹介してみよう。昭和三十四年、神奈川県相模原市生まれ。昭和五十六年、帝京大学文学部国文学科卒業、四月から座間市立図書館に司書として勤務。昭和五十七年四月から二年間だけ、神奈川県立図書館に派遣職員として勤務。昭和五十八年ころから現代詩を書きはじめる。同僚から菅原克己の現代詩文庫を進呈され、感化される。平成元年、個人詩誌「独合点」を創刊。平成五年、第一詩集『動きはじめた小さな窓から』をふらんす堂から出版し、翌年第八回福田正夫賞を受賞。平成九年、第二詩集『外野席』をふらんす堂から出版し、翌年第三十回横浜詩人会賞受賞。平成十四年、第三詩集『今、ぼくが死んだら』を思潮社から出版し、翌年第十二回丸山豊記念現代詩賞を受賞。平成十九年、第四詩集『にぎる。』を思潮社から出版。平成二十二年、第五詩集『ゆっくりとわたし』を思潮社から出版。

平成二十三年、日本現代詩人会の理事に就任。平成二十四年、甘楽順治、中島悦子らと同人詩誌「Down Beat」を創刊。平成二十五年、日本現代詩人会の副理事長に就任。平成二十七年、第六詩集『朝起きてぼくは』を思潮社から出版し、翌年第二十三回丸山薫賞を受賞。平成二十八年、座間市立図書館長に就任。ここまでの略歴でまず驚くのは六冊の詩集で四つの詩集賞を受賞していることである。これはある意味、如何に水準の高い詩集を常に書きつづけているかの証明ともなっているのである。そして図書館の司書という仕事。本を愛し、詩を愛する者にとっては理想的な職場であり、環境であったのではなかろうか。

それでは、第一詩集『動きはじめた小さな窓から』（平成五年・ふらんす堂）から紹介してゆこう。造本はB5判変形並製で、この大きさはなんだか手に馴染むなあと思ってよくよく調べてみると、ぼくの第二詩集と全く同じ大きさ。成程なあと、ちょっと嬉しくなる。因みにぼくはこのサイズがとても気に入っているので、その後の第六詩集までずっとこの大きさで通してきている。また、この詩集は行分け詩と散文詩が混在しているのだが、そのなかからちょっと変わった散文詩「妹」を読んでみよう。

妹

いつも鍋の蓋をあけると　嫁

に行ったはずの妹がいて　口
を開いたり閉じたりしながら
なにげなしに空気をのみこん
でいる　おれが　おーい　と
叫ぶと　ぶきような指をひろ
げてVサインをつくってみせ
て　きっと体の具合でも悪い
のだろう　と心配していると
今日はインスタント・ラーメ
ンが安い日だ　と言いながら
せんべいをかじっている　午
後三時半になって蓋を閉じる
と　鍋のちょっとしたすきま
から段違いの前歯をニョキリ
とみせて　お兄ちゃんがんば
りなよ　とひとかたまりの
汗　を左手で投げかけてくる

十三字、十八行の定型散文詩である。ちょっとシュールな感じのする不思議な作品だ。ここに登場する妹は氏が敬愛してやまない菅原克己の出身地である宮城県の亘理町に嫁いだ方であろうか。何か懐かしい、兄妹間の交流があって、ほんわかとした感覚がそこに煮凝っている。

帯にはこの頃師事していた清水昶が、「かつて寺山修司は「幸福とは何ですか」という自問自答の質問に答えて「それは幸福を探すことです」といっている。人間は、はてしない質問を生きていく。金井雄二もまた、そんな質問のまん中で詩を書きつづけているのだな、と思った。」との文言を寄せている。ぼくの思い付きに過ぎないのだが、この文章の中の「幸福」を「詩」に変えてみると、「詩とは何ですか」という自問自答の質問に答えて「それは詩を探すことです」となり、自分なりの詩を常に探求し続ける現在の金井にも繋がってくるようで正直驚いてしまった。

あとがきで、氏はほとんどの作品は「わたしのからだのなかから滲み出てきた、懐かしい人たちへ、四季を通じて送った詩である」と述べており、それはとりもなおさず書くことを微塵もおろそかにしなかった自負の表れだとしているのである。この詩集で第八回福田正夫賞を受賞することになったのだが、詩人として幸先の良いスタートをきったことに間違いはない。

第二詩集『外野席』（平成九年・ふらんす堂）はA5判変形並製本だが、表紙には一面に大きな硬球、裏にはホームベースがささめやゆきさんの絵で描かれている。その幼いタッチが少年の日の郷愁を懐かしくも引き立ててくれる、そんな素敵な装幀なのだ。ぼくもご多分に漏れず「巨人の星」を見て育った少年だった。中学校は野球部でキャッチャーをしていたのだが、本当に当時は日本中に野球少年が当然のように溢れていたものだった。まずは詩集のタイトル名にもなった「外野席」を含む詩篇「堀内投手がそこにいる！」を読んでみよう。

堀内投手がそこにいる！

照明がはいると
芝生の緑も生きかえり
硬式ボールの縫い目は赤く
真夏の夜の後楽園？
あるいは神宮
そう、ホリウチがでてくるまえに
トイレに入っておしっこをした
たとえばぼくはいつの時にも
ネガフィルムのような小さな一コマを

この眼で確認したかっただけなのかもしれない

試合前のランニング
ホリウチは腕を直角にまげると
ゆっくり、ゆっくり
（今日は暑いなぁーと言う顔つきで）
外野の芝生を踏みつけながら
走ってくるのだ

ぼくは外野席を蹴って
ボールを追う野手さながらに
フェンスぎわまで走りより
すべての力をこめて手を振った

額の汗をぬぐっていたホリウチが
ぼくには手を振りかえしてくれていると思えたんだ

目の前を通りすぎたとき
ヒョロリと飛びでた長い首の根元にある
ホリウチのでっかいホクロが
テレビで見たときと
同じ場所に同じようについていて
遠のけば遠のくほど
さらにでっかくまるでホリウチのように動いていた

あっ、あれが堀内だ！

＊堀内恒夫投手＝巨人軍Ｖ９時代のエース。

外野からは、あまりに遠くて選手の顔なんかほとんど見分けがつかないのであろう。でも試合前の練習の時だけ、サービス精神旺盛な堀内選手は外野に姿を見せるのか、その堀内選手を間近で見ようとフェンス際まで走り寄る少年。トレードマークのでっかいホクロが遠のいてゆく興奮。この詩は、まるで外野席のようにホンワカとしていて心和む詩である。あとがきには、「毎日必ず詩のことを考え、いい詩を書くためにはなんでもしよう、と心に誓ってあるいてきた。」とあるが、肩肘を張らないこんな詩にこそ、金井詩の真骨頂が発揮されているのだ。

第三詩集『今、ぼくが死んだら』（平成十四年・思潮社）は、赤を基調とした矢野静明の装幀で、細かい紅色の網目は毛細血管、つまり血液の流れを連想させる。拓也と柊二にと献辞があるので、この詩集は二人の息子への贈り物なのである。まずは「ヘミングウェイ全集第一巻」を読んでみよう。

ヘミングウェイ全集第一巻

一冊の書物をどうしても読みきれないときがある。むかしは苦もなくさらさらと読むことができたのに、今は一行一行が妙にのどにつまってくるのだ。

かといってすべてが読めなくなったわけでもない。雑誌や新聞の類ならいつまでも文字を追っていることはできるし、疲れることもないのだ。

明け方の冷たい空気が気持ちよい部屋。まだ妻や息子は眠っている時間。一冊の本が開かれたままになっている。ヘミングウェイ全集第一巻。

ずっとずっとむかしから、何度となく読み返してきた作家。とくに短編小説は簡潔で読みやすく、だれにでもわかる言葉で書かれてある。

冒頭は「インディアン部落」という作品。少年ニックは安堵した女の顔と、血に濡れた男の顔とを同時に見ることになる。ぼくはそれを最後まで読むことができない。

金井雄二は若い頃から、詩だけではなく沢山の小説を読み込んできた。大学も文学部で、仕事場も図書館となれば相当の本好きに違いない。しかも好きな作家や小説は何度でも読み返しているのだ。その読書経験が彼の詩に深みを与えているのは当然のことであろう。ヘミングウェイも若い時から好きな作家であったとある。この詩は三行五連の散文詩である。ヘミングウェイ全集の最初の一篇を、昔はすらすらと読めたのに、今回はどうしても読みきれないと述べている。この短編はあまりにも有名であるが、ヘミングウェイの分身である少年ニックが医者である父に連れられてインディアン部落に行き、帝王切開で女を助けるのだが、女の苦しむ悲鳴に耐え切れず剃刀で咽喉をかき切って自害している夫を同時に目撃するのである。生と死の対比が見事に捉えられている好短編である。訳者である大久保康雄は、ヘミングウェイの文章に触れ、「文章の簡潔さということが果している大きな役割の一つは、いうまでもなく、描写や説明を極度にまで切りつめることによって、ある一つの特殊な状況を、そのまま普遍的な意味にまで高めていることである。」と述べている。なんと金井が目指している作詩法に驚くほどに似てはいないだろうか。命のバトンを実際に手渡すことは、命がけの行為なのである。ある時は母親の、そしてある時はこの小説のように父親の命までをも奪ってしまうことだってあるのである。そういう大変な思いを経て君たちも生まれて来たのだよと、金井はさり気なく息子たちにこの詩を通して伝えたかったのかもしれない。

伊藤芳博は同人誌「橄欖」六十六号の「〈現在詩〉を読む」というコーナーで、この詩集を取り上げ、「シンプルな詩集である。一読、どこか物足りなさを感じるほど静かな詩集である。こういう詩集は珍しい、と思う。」と述べ、さらに「劇的な事件など起こらない。言葉のアクロバットもない。最低限の言葉で、最小限の情景描写があるだけだ」が、「何気なく言葉が置かれているようで、どれも抜き差しならない一語、一行になっている」とし、この「物足りなさ」つまり「不充足な詩法こそ、逆に詩を充足させるものなのだ」と絶賛している。

同様に塚本敏雄はウェブ電藝の「詩のペデストリアンⅡ」というコーナーで、金井詩の特徴を「極めて平易な言葉遣い」と「ドラマツルギーがないこと」であるとしており、そこには「壮麗なメタファーの劇場もなければ、とぎすまされた言語実験もない。」「詩はさりげなく始まりさりげなく終わる。まるでわたしたちの日常の一日がさりげなく終わるように。」と述べている。このあっけないほどの日常描写に「生きているということのかけがえのなさ」が滲んで来るのである。

第四詩集『にぎる。』（平成十九年・思潮社）はハードカバーであるが、装幀に矢野静明の黄色を基調とした絵画を用いており、前回と同様とても素敵な造本になっている。あとがきで、氏は以前から紙屑をポケットの中で握りしめながら球形の堅い紙玉を作る変な趣味があったことを明かしているが、タイトルの「にぎる。」はここからきていると思われる。それにしてもタイトルに句点「。」を付けることは珍しいことのように思われるが、このあとがきを読むとそうか「。」は紙玉だったのだなと納得できるから面白い。氏は自分の作詩する姿勢について「ぼくは詩を、いつも紙玉をつくるような感触で創ってきたかもしれない。最後にはなめらかな球体をめざすが、どうしても完璧にはならない。完璧なものが書けないからこそ、また次の作品を一から書き直す」と述べており、この謙虚な探求心こそさらなる佳品を生み出す原動力になっているのではなかろうか。それではこのタイトル名のきっかけとなった作品「握っていてください」を読んでみよう。この詩篇は数ある金井詩の中でも、ぼくが最も好きな作品なのである。

握っていてください

蛇口をひねるあなたの手で。包丁を持つあなたの手で。ミトンの鍋つかみの中に手を入れるあなたの手で。赤ちゃんの手を握るように。やつれた母親の背中をさするように。開いた傷口にそっと薬をぬりこむように。ぼくの陽の当たらない寂しげな部分にあなたの手をそえてやってくださいませんか。

日陰者のわりにはいつもあたたかい場所なのです。ぼくはいつも眠る前に必ず一度は握るのです。ものごころつくころから　ずっと。ずっと　ものごころつくころからのご縁なのです。切ろうとしても切れない遮二無二あり続ける塊なのです。最近では無理矢理に断ち切ってしまう方もいらっしゃるようですが多くの人たちはしっかりとそこに存在しているみたいなのです。またぼくも例外ではございません。人間そのものの根源とに誓っていつもやさしく握りしめているのです。

できればしっかりと見つめてほしいのです。人が話しをするときに人の眼をしっかりとみつめているように。あなたの眼がかがやくように。そしてぼく自身もしっかりと起立していたいのです。あなたの視線でどうかぼくを縛りつけてください。やさしさのかたまりでぼくはすべてを支えてもらえることでしょう。そうしてからあなたの五本の指をぼくのたよりないものに絡みつかせてほしいのです。

いつになっても帽子が脱げませんでした。夏のあいだは陽を避けるために。冬の寒い日には耳まで覆いかぶさる毛糸の帽子を。北風のときにはあごにゴムひもまでくくりつけてぼくは帽子をぬぐことができませんでした。春一番にも秋の木枯らしも。いえいえ落下する異物にたいしても帽子は非常に意義あるものでした。ぼくはいつも目深に帽子で頭を覆っていたのです。あなたは帽子をやさしくとってくださいましたね。

あなたが触れようとするものはあなたも大事なもの。そしてぼくの命にかかわるもの。人に触れさせたことがないもの。他人に見せたことがないもの。ぼくはこれを大切に毎日さわって確かめている。やわらかくてときにかたいもの。熱いもの。涙もふくむ。ぼくのやるせなく苦しい　皺がいっぱいの。
あなたのその手で　ぼくのを握っていてください。
あなたのその手で　ぼくのを握っていてください。

これまで男性の立場から、男の一物をこれほどまでに優しく心温まる詩として描かれたことがあったであろうか。どちらかと言えば、性的な詩はこの日本においては疎まれる傾向にあり、一物自体普段は虐げられた日陰者の存在である。無暗に陽の下に晒されることも無く、場所をわきまえなければ実際に犯罪者になるわけで、時をわきまえず形を変えれば恥ずかしい思いを抱くことにもなるのである。しかし、本来は男にとってこれほど大事な部位はないわけで、体の老廃物を体外に排出する時などは、「一歩前に」の張り紙をじっと見つめながら、まるで荒れ狂う炎に放水しようとする消防士さながらの真剣さでホースを支えるし、男女の愛を確かめ合う時には絶大なる役割も演じるし、なによりも全生物の悲願である命のバトンを受け渡す時はバトンそのものになるわけである。つまりこの詩は、そんな陰の功労者である男性自身に対する心温まる労りの詩でもあるのだ。

ところで、金井雄二は平成元年から詩の個人雑誌「独合点」を不定期に発行しているのだが、現在なんと百三十六号に達している。毎回、ゲストの詩と本人の詩、及びエッセイを掲載する、表紙・裏表紙合せて八頁という手作りの冊子であり、薄いけれどもとても温かみのある詩誌なのである。ぼくが初めてこの貴重な詩誌を送ってもらったのは七十八号で、その時掲載されていた氏の作品がなんとこの詩篇であったのだ。そのような経緯もあり、この詩がぼくの中で特別の異彩を放つようになったのかもしれない。またこの号のエッセイには、「人と人のつながり」と題して菅原克己と辻征夫の関係が綴られていたのだが、「ぼくの詩の根本を決定付けているもののなかに、菅原克己さんがいることに間違いはないように思う」と述べており、氏にとってはやはり菅原克己は最大のお手本であり目標でもあったのだ。

第五詩集『ゆっくりとわたし』（平成二十二年・思潮社）は、これまでとは一風変わった趣のある詩集である。一般的に詩作は、「無駄な言葉を削り、短く的確な言葉を使う作業」であるといえるのだが、その弊害として「言葉が痩せていくのを感じていた」とあとがきで述べており、この詩集では「言葉を自由に放出し、あふれる言葉の渦に巻き込まれたい」欲望のもとに書き始めたとしている。奇しくもそうすることによって、「自分の少年時代を、もう一度、詩の中で生きることができた」のは、氏にとって衝撃的なことであったのだ。表紙絵はこれまでと同様、矢野静明氏の絵なのだが、緻密な銅版画であり、全篇散文詩というコンセプトを視覚的に象徴するような装幀となっている。それではタイトルともなった詩篇「ゆっくりとわたし」

を読んでみよう。

ゆっくりとわたし

空に残っている、青い色の輝きが失われようとしている。暮れかかった太陽の光が、遠くの山並みに映えている。闇が世界を支配する、その入れ替えの時刻。明るさから暗さへ生まれ変わるとき、空は苦しさのあまり、悲鳴をあげる。それが夕焼けだ。ぼくはその夕焼けを何度見たことだろう。そして何度、苦しさの悲鳴をすばらしい自然の摂理だと想ったことだろう。わたしは夕焼けを見るたびに、人の死を想う。人の死は尊いものだと想う。だからこそ、今自分が生きているということに幸福を感じる。今日も、職場から外に出てみると、山並みから空に向かって悲鳴が聞こえた。たぶん、この狭い日本のなかで、ゆっくりと夕焼けを見る暇などある人は少ないだろう。ましてや、自分の過去をゆっくり振返って、たどることなどしている時間はないだろう。働き、怒鳴られ、失敗し、自分を責め、くやしいと感じているばかりではないだろうか。だが、どうだろう？　ゆっくりとわたし、もういちど、ゆっくりと。自分を想い出してもいいのではないだろうか。人のためにではなく、自分のために。自分の暮れかかった太陽の光をもう一度、想い起こさせる時間をつくってもいいのではないだろうか？　父親の顔を想い出せるか。母親の顔は。母親の若かった頃の顔だよ。兄弟の幼かった時のしぐさは。従兄弟はいるか。名前を想い出せるか。初恋の人の、幼い顔の中の愛らしい瞳を。それらのことのひとつひとつを。他人にはどうでもいい、そういうちっぽけな事柄の、細々とした宝石たちを。闇が迫ってくるまで白いボールを追いかけたとき、あの時にだって、苦しさの悲鳴のような夕焼けは空を覆っていたはずだろう。いったい、このわたしは何をしてきたのか、ゆっくりと想い出すのだ。誰からも評価されることではないし、誉められることでもないけれど。想い出したなら、おもいっきり泣いた回数を、はじき出してみてごらん。それから笑った回数も。無駄なことのようだけど、もしかして泣いた時間や笑った時間が、わたしが本当に生きた時間なのかもしれない。わたしは今日、ここに立って、遠くの山並みを見ながら夕焼けが美しいと想う。そして、空は苦しさのあまり悲鳴をあげているのだと感じた。むかし、わたしは「夕焼けが美しい」などとは詩に書けなかった。だが、今、こうやって夕焼けの詩が書けることに、ささやかな幸福と誇りを持ちたい。だれも誉めてなんかくれなくてもいい。わたしは、詩を書く人間であったことだけに満足だ。それはわたしがほんの少し、大人に近づいたからだろうか。ここで、こうして、こうやって、ゆっくりとわたし、むかしのことを想い出しながら、夕焼けを見る。ここで、こうして、こうやって、ゆっくりとわたし。

金井は詩も好きだが、小説も好きで若い頃は随分と色々な長編小説を読んだという。最近は時間的制約もあり、主に短編小説を好んで読むようであるが、「独合点」百二十二号のエッセイ「シルカ」では、「最近、文学についての考えかたが変わってきた」と述べ、「詩も小説も」「メッセージはまったく必要ないのではないか」、大事なのは、「言葉がもつ不思議な魔力のようなもの、文章全体から滲みでる豊潤なイメージ」を表現することであって、つまり「文学はスローガンや箴言などではない。どこかで匂い立つような、雰囲気を持つ言葉を記さなければそれは文学じゃない」とまで断言しているのである。

この詩は小林勇氏の「夕焼」というエッセイを読み感動して書かれた詩であると述べているのだが、金井にとって夕焼けは悲鳴であり、人の死を連想させるというのである。その印象深い雰囲気をゆっくりと想い出し、その場に遡行することこそ、彼にとっての新たな文学なのかもしれない。

第六詩集『朝起きてぼくは』（平成二十七年・思潮社）の装幀は、敬愛する詩人、辻征夫氏の実弟である辻憲さんに描いてもらったとある。裸婦像でありながら、微塵もいやらしさを感じさせないのはとても不思議な感じがする。そのタッチは何の虚飾もない日常をそのまま表現しているようにもみえ、この詩集のコンセプトである「直喩をほとんど使用していませんし、暗喩も可能な限り封じて書きました」という金井の想いをあたかも代弁しているようにも思える。金井のこの考え方は、「独合点」百二十八号の詩集書評でもう少し詳しく述べられており、「比喩の時代は終わった」、「比喩（暗喩）を駆使して、新しい言語世界を形づくることに限界が来ているのかもしれない」、「隠喩を多用して混乱させてはならない」などと主張しており、最近の難解きわまりない現代詩に翻弄されっぱなしのぼくなどにとっては、正直ほっとする意見なのである。それでは日常の平凡な生活の一コマを綴った詩篇「台所」を紹介してみよう。

台所

台所で音がする
卵を割る音
油がはぜる音
蛇口からときおり
水のでる音
音はぬくもりを感じられる距離にありながら
どうしても届かぬ場所にある
子どものときに見た
大きな樹と
小川の流れに似ていて
なにをしているの？

ぼくはきみにたずねてみて
そう、台所ですることといったら
料理にきまっているね
きみは毎日同じ場所に立ち
いつもの視線で
生活の一行を
見つける？

金井にとって掛け替えのない日常が、研ぎ澄まされた聴覚と温かい眼差しで語られている。氏は毎日必ず詩のことを考え、いい詩を書こうと努力をしてきた詩人である。詩のためにはどんなことでも惜しまず試みようと心に誓って生きてきた人間なのである。

金井雄二の詩を語るとき、菅原克己を抜きにして論じることはできないのは前述したとおりである。それほど大きな影響を与えた詩人なのである。詩を書きはじめた当初、氏は同僚からもらった現代詩文庫の『菅原克己詩集』をぼろぼろになるまで読んだという。森川雅美が代表を務める「詩客」の「私の好きな詩人」第八十五回でも当然のように菅原克己のことを取り上げ、「ぼくたちが詩に向かう時、相対する物は何か？　最初に向き合うものは、それはまず現実ではないだろうか？　直視されるものは生活であり、その中に芽生える思想なのかもしれない。唐突に幻想を語るものではなく、現実を見続け、その根本的思想の骨格を残す。そうすることによって生まれ出る詩もあるだろう。生活の部分を平明な言葉で書き、その言葉が深く心にしみこみ、忘れがたいものになる菅原克己の詩は、人間の本質をしっかりと書き残している。」と述べている。

西田書店発行の『菅原克己全詩集』（平成十五年）の帯には「事大主義、深刻、見せかけ、難解、それがいちばん嫌いだったので　ぼくは詩人になったはずだ。」と書かれている。この言葉は「ヒバリとニワトリが鳴くまで」という詩篇の中に出てくるのだが、その他にもこの詩篇では次のような詩行を拾うことができ、菅原詩の特徴をとても分かり易く示しているように思うのであえて挙げてみた。

ヒバリとニワトリが鳴くまで

（前略）

13

どんなに忍耐強く、
小さく、黙って、

人は生きてきたことだろう。
となりのおじさんは
こどもと二人ぐらしで、
勤めが終ると
こどものために市場で
魚や大根を買って帰る。
道で出会うと
大根を振りながら笑う。
ぼくが詩を書くのは
まさしく、
そのことが詩であるからであって、
詩が芸術であるからではない。

14

きのう、
さわやかな目覚めに
わが家に朝陽がさしているのを見た。

それから、
かみさんが野菜を切る音を聞いた。
ぼくはささいなことが好きだ。
くらしの中で
詩が静かに不意打ちのように
やってくるというのは
ほんとうだ。

（後略）

どうであろうか、この詩こそ金井詩の哲学を端的に詩でもって表現しているのではなかろうか。そしてこの詩を読むと金井が如何に菅原の詩に心酔し、菅原の詩を吸収し、師と仰いだかも納得してもらえるのではなかろうか。
金井雄二の詩は、そのほとんどが平易な言葉で書かれている。そして親しみやすく温かみのある詩が多い。一言で言ってしまえば感動の詩であり、癒しの詩といってもよいのだが、その根底には人間に対する深い思いやりがあって、詩を読むことによって生きる喜びのようなものをじんわりと感受させてくれるのである。

金井詩は平易でさらっと書かれたような詩が多いので、あっという間にこれらの詩集が出来上がったのかと思えば、さにあらず。「独合点」百二十四号の「『朝起きてぼくは』発行に寄せて」を読むと、いかにこの詩集が時間をかけて丁寧に作り上げられたのかがよく分かる。書き溜めた百二十篇あまりの詩から、詩集のバランスを考慮して四十一篇を慎重にセレクトし、改稿と推敲に約半年も費やしたのである。しかもメタファーを可能な限り封じ込めるという実験まで挑戦している訳であるから、外見からは想像もできない気遣いと葛藤があったことが窺われる。

詩も芸術の一分野である以上、前衛的探究ももちろん大事なことは自明の理である。しかし金井の主張するように、「メタファーこそが、現在の詩の混乱を倍増させてきたとも言えるのではないだろうか」という懸念も尤もなことであり、詩の難解性の一因を担っているのも事実なのである。

現代詩の伝家の宝刀であるメタファーを封印して詩を書くという行為は、喩えて言うならばマタギが猟銃を持たず、ましてや熊槍や山刃をも持たずして素手で熊と対峙するようなものである。現代においては、ある意味恐ろしく危険な行為であるとも言えるのだ。現代詩がどんどん難解になってゆく昨今、金井氏のような才能がきちんと評価されることは実に健全なことである。そして多くの読者が、金井詩を通して些細な日常の素晴らしさを実感できれば、それはそれで本当に幸福な人生に立ち会うことができるのではないだろうか。

愛情と尊敬の念　それが詩人八木幹夫の基本理念だ

芸術家には二つのタイプがあって、そのほとんどが一芸を究める集中型であると思うのだが、時として多芸に辣腕を振るう多面型も存在する。詩人では寺山修司などはさしずめこのタイプの代表選手と思われるのだが、彼の場合は俳句、短歌、詩を遥かに越境し、演劇や映画の世界へと飛躍してゆくので、全くもっての番外かも知れない。

八木幹夫もどちらかと問われれば多面型の詩人と言えよう。彼の経歴を辿るとその文学活動は短歌から始まり、現代詩を中心としながらも、余白句会で俳句も作句するという、多彩な才能の持ち主なのである。詩に限ってみても、英仏詩は勿論あらゆる分野の詩に精通しており、その交友関係を垣間見ただけでも、彼のマルチな才能に気付くはずである。また、詩作だけではなく評論活動も活発で、最近では西脇順三郎や辻征夫の評論集を上梓し、さらには経典の翻訳本まで手掛けているのだ。本職は中学校の英語教師で三十六年勤めあげ、在職中はバスケットボール部の顧問として三十年以上活動してきたのである。趣味に至っては、玄人跣の家庭菜園と釣りとくるから真正の多芸詩人と言っても差し支えないのではなかろうか。

それにしても彼のこの多彩な才能は一体どこから生まれてくるのであろうか。それはきっと、彼の性格的な向日性もあるのだろうが、どんな対象に対しても誠実に、愛情と尊敬の念をもって接しているからなのではなかろうか。そしてこの多面性こそが彼の大きな特質でもあり、作品に反映している不思議な魅力の一つと言ってもよいのである。まずは経歴から簡単に辿ってみよう。

昭和二十二年、神奈川県相模原市に生まれる。父は洋服屋を開業していた。五歳ごろまで原因は不明なのだが全く話すことが出来ず、さらには立って歩くことも出来ず、母に背負ってもらいながら育つ。よって小学校時代の学業は振るわなかったものの、昭和四十年、県立厚木高校を卒業。高校時より朝日新聞に短歌を投稿。昭和四十四年、明治学院大学文学部英文科卒。在学中、歌人山根謹爾に短歌を学び、英文科の新倉俊一、仏文科の入沢康夫からは英仏詩の刺激を受け、この頃から詩を書きはじめる。父は五十六歳で亡くなるが、その後十年間は作品を公表せず、昭和五十八年に第一詩集『さがみがわ』(私家版)を上梓。昭和六十三年第二詩集『少年時代の耳』(ワニ・プロダクション)上梓。平成元年頃より余白句会に参加。平成三年第三詩集『身体詩抄』(スタジオ・ムーヴ)、平成四年第四詩集『秋の雨の日の一方的な会話』(ミッドナイト・プレス)を上梓。平成七年第五詩集『野菜畑のソクラテス』(ふらんす堂)を刊行し、この詩集で第十三回現代詩花椿賞並びに第四十六回芸術選奨文部大臣新人賞を受賞。平成十年第六詩集『めにはさやかに』(書肆山田)、平成十四年第七詩集『夏空、そこへ着くまで』(思潮社)、平成十七年『現代詩文庫176八木幹夫詩集』並びに訳書『仏典詩抄日本語で読むお経』を上梓。平成十八年愛知淑徳大学大学院で講師を務め、現代詩、詩学を教える。平成二十年第八詩集『夜が来るので』（砂子屋書房）にて第七回現代ポイエーシス賞を受賞。平成二十一年から二年間、日本現代詩人会理事長を務める。平成二十四年講演録『余白の時間――辻征夫さんの思い出』（シマウマ書房）、平成二十五年歌集『青き返信』（砂子屋書房）、平成二十六年評論集『渡し場にしゃがむ女　詩人西脇順三郎の魅力』（ミッドナイト・プレス）、平成二十七年第九詩集『川・海・魚等に関する個人的な省察』（砂子屋書房）、令和元年第十詩集『郵便局まで』（ミッドナイト・プレス）を上梓する。

第一詩集『さがみがわ』（昭和五十八年）は、タイトル詩「さがみがわ（J・Nに）」とあるように西脇順三郎に捧げるオマージュ詩集でもある。また西脇の詩集『旅人かへらず』の六十五にはこの川が登場し、さらに八木本人の郷里を代表する河川でもあり、幼い頃父とよく釣りに行ったとなればかなり愛着のある命名なのである。造本は菊判上製本と私家版としてはかなり豪華であり、表紙と扉には福田清司氏のシュールな絵が描かれている。内容は詩三十三篇と「抒情私見」と銘打たれたエッセイ四篇からなる。詩篇の呈示方法は、文字のフォントやサイズ、デザインなどを多種多様に変化させとても大胆な構成となっている。藤田享一氏によるアートディレクションということであり、楽しく読ませる工夫が随所に見られる。ここではタイトル詩ではなく、「キャベツの伝説」という詩を紹介してみよう。

キャベツの伝説

1

芯の中で思い悩んでいる
キャベツはキャベツを見るか
オリに棲むウサギの
瞳にキャベツは美しい
サラダをたべながら
人生を愛する

2

キャベツ的試行錯誤
笑いは自動販売機に充満している
一本の煙草を吸いおわるたびに
キャベツはキャベツの色をキャベツ

3

俯瞰することはラッキョウだ
分析することはドングリだ
大切なことは
キャベツのように
はがされて
むしられて
キャベツになることだ

4

明晰さは世界を昏くすることだってある

5

キャベツの伝説

うららかな春のこと
キャベツの中から
一匹の青虫がうまれた

青虫はキャベツを恋し
愛をたべつくした
青虫はキャベツ色になって
孤独だ

菜の花のキラキラ
風のキラキラ
愛のキラキラ

空の広さの中で
青虫は
キラキラ蝶になった

6

伝説は分別ください

7

フォークをもった
ウサギが
食卓で
バリバリと
キャベツをたべる
ヒトの骨
キャベツの芯
ウサギの胃の中で
虹になる
伝説

一読しても難解な詩語はなく、読みやすいのだが、意味を追おうとすると失敗する。寓意詩でも思想詩でもナンセンス詩とも違う、強いてジャンル化すれば抒情詩と言えようか。キャベツと青虫、ウサギと白い骨とキャベツの芯などと色彩の類似性があり、最後は虹色になる、そして伝説。読んでいてとても心地よいのは、キャベツ、ウサギ、キラキラ、ラッキョウとカタカナ語の「キ」で韻を踏んでいるからである。またこの詩集は、父の死後十年の沈黙を破って世に問うた詩集である。巻末に抒情詩の私見を載せるなど、後年の批評家としての資質をも充分に予見させる構成になっている。氏はこのエッセイの中で、「『抒情』の位置する所は単一ではない。『抒情』の位置を固定化し、占有化した時『抒情』はそこから再び飛び立たざるを得ない内的必然を持っているのだ。」と述べ、新たな抒情詩を書こうと決意していることが解る。そしてそれは、「一つの方向性にのみ眼を向けることに慣らされてきた意識を開かれた世界へ開放することはできないものだろうか。」という彼の切実な希いに立脚しているのである。今回取り上げた詩篇は、正にその希いを具現化した抒情詩と言えないだろうか。

第二詩集『少年時代の耳』（昭和六十三年）は、釣り仲間の市村二郎氏の装幀による、ソフトカバー詩集である。全部で十八篇あるが、その中から彼の詩では珍しい職場の詩「たぬきそば」を紹介してみよう。

たぬきそば

ぼくが職場で
毎日たべるのは
たぬきそば

お昼どきになると
落ち着かなくなるのだ

外はひどい車の渋滞
十一本目のタバコに火をつけて
〈今日はなにをたのもうか〉

ドンブリからあがる湯気
キツネ色のあげだま
ネギと七味唐辛子

ガラス窓のむこうに見える
十字路を左折し
車の間をすりぬけ
いつものように
階段をかけあがって
やってくる

出前持ちの若者
「へーい　おまちどうさま」

あしたは
思いきって
人生を
カツ丼の方へ
右折させたいのだけれど

あとがきに「詩を書く人ばかりでなくフツーの人々に気軽に読んでいただけたらとても嬉しいと思う。」とあるように、とても読みやすく、しかもわかり易い詩である。一杯のたぬきそばに寄せる作者の熱い思い。人間の幸せって案外そんな取るに足らないところにあるのだなあと言うことがしみじみと感じられる詩なのである。あしたは思い切って人生をカツ丼の方に右折してみたいが、いつも考えあぐんでやっぱりたぬきそばに落ち着くあたりも微笑ましい。西脇順三郎研究の第一人者でもある新倉俊一氏が帯文で「作者の八木幹夫はかつては短歌を好む少年であった。だがいまやこの詩集では、詠嘆や観念を脱ぎ捨てて、イヨネスコの『犀』のように、日常生活のいたるところに〈笑い〉をもとめている。ときには涙を滲ませて……」と実に的確にこの詩集の特徴を紹介している。この詩のように日常に潜むユーモア表現こそもっと評価されてもよいのではないだろうか。難解な詩が横行する昨今、ぼくはこのような詩に出会うと実はホッとするのである。氏はこの詩集で、早くも大きく舵を切りはじめたのではなかろうか。

第三詩集『身体詩抄』(平成三年)は、「め」や「はら」などの身体部分を題材にした二十一篇からなる企画詩集である。「たましい」も身体の一部として取り扱われているが、確かに亡くなった時に「からだ」から遊離するわけであるからなるほどなあと思う。そして目次ではほぼ中央に位置していることでも、やっぱり体のまん中にあるものなのだなあと今更ながらに納得するのである。職業柄か、ぼくの好きな詩篇「みみ」を紹介しよう。

みみ

けだものが
ききみみをたてている
冬の山道を
ぼくは歩いた

耳の奥で
星が
氷るように
鳴った

ぼくにも淋しい
けだものの
耳がある

喰うか喰われるか、それが「けだもの」の世界である。生き残るためには、より研ぎ澄まされた聴覚や視覚、嗅覚が絶対条件となる。そして生き続けるということは、他者の命を奪うことでしか成し得ないのである。それゆえ生きるということは、ある意味においては残酷で淋しく、そして哀しいものなのだ。人間も他の動物と何ら変わりのない「けだもの」の耳を持っている。その厳然たる事実を、この詩篇は如実に物語っているのである。

第四詩集『秋の雨の日の一方的な会話』（平成四年）には、詩人のフツーの日常がさりげなく描かれている。この詩集を読むと、詩人も特殊な人間なのではなくてフツーの人なのだなと大方の人は安心するのではなかろうか。まずは、「一九九〇年の朝の食卓」という詩を読んでみよう。

一九九〇年の朝の食卓

卵がうまれる
ところを見ていた
ニワトリの
お尻が
急に
もりもりっとして
白い
つるつるした
殻が
あらわれた

世界がうまれるんだ

と
おおげさに思った

卵は丸い巣の
藁に
かこまれて
あたたかい

世界が
壊れるなんて
かんたんさ
と
ひかえめに思った

茶椀のかどで
卵を割って
ぼくは生きなければならない

この詩は言ってみれば、極めて一般的なフッーの人のフッーの朝食シーンが描かれている。ところが、このフッーの人が卵をおおげさに世界と称し、卵を茶椀のかどで割る行為を世界が壊れると表現しているのだ。そうして世界を壊しながらも人は生きて行かなければとそう思っているのだ。そこには明らかに詩人の眼が存在し、詩人の命に対する熱い思いがひしひしと感じられてくる。

八木氏は辻征夫、井川博年、有働薫らと小沢信男を中心とする余白句会に参加しているが、この句会の宗匠でもある小沢はこの詩集の帯文で、「フッーの人を因数分解すれば、詩人が出てくる。この臨床記録は、逆も真なりと言っているのだ。これを証明するためにも、この世に詩人は生きなければならない。」と紹介している。この言葉は、詩人八木幹夫を極めて適切に表現していて、ぼくは深く頷いてしまう。氏ほど詩人らしくない詩人も珍しいのである。もっと不思議なのは、この驚くほどフッーの人間から、詩語を使わないフッーの言葉で、深遠な詩篇が次々に紡ぎ出されてくることなのである。氏は、自分の詩を詩人以外のフッーの人に読んでもらいたいと切に願っているからなのだ。

ちなみに前述の余白句会には多くの詩人たちが参加しているのだが、その参加者の俳号が実に面白い。ちょっとここで披露してみると、小沢信男（巷児）、井川博年（騒々子）、國井克彦（裏通）、加藤温子（花緒）、清水哲男（赤帆）、辻征夫（貨物船）、八木忠栄（蟬息）、清水昶（青蛙）、中上哲夫（ズボン堂）、有働薫（みなと）、木坂涼（紙子）、アーサー・ビナード（ペダル）、谷川俊太郎（俊水）などなどである。八木幹夫は「山羊」と書いて「サンヨウ」と読ませている。谷川氏は起きている間中甲高い声でしゃべりっぱなしで、寝ている時は死んだように静かなのでこの号となったらしい。そしてこの句会の模様は、井川氏発行の「ＯＬＤ　ＳＴＡＴＩＯＮ」という詩誌で詳しく紹介されているのだが、その句会報告は抱腹絶倒、実に涙が出るほど可笑しいのである。谷川氏は「井川に文句言われたり、けちつけられると、悔しいよりも嬉しくなるから不思議だね」とこんな言葉でこの会の魅力を表現している。

第五詩集『野菜畑のソクラテス』（平成七年）は、実際の家庭菜園から生まれた企画詩集である。目次には二十八種類の野菜や果物の名前が並び、あたかも八百屋の店先に立ったような壮観さを覚える。川崎洋は帯文で、「詩は一編一編それぞれまったく作者個人にかかわる内容なのに、読者の深い底でつながるという、野菜づくしの上等のライト・バース集だ。」とこの詩集の真髄を述べ、さらに「『結婚したほうがいいのか、それともしないほうがいいのかと問われるならば、わたしは、どちらにしても後悔するだろう、と答える』とソクラテスは言っているが、この詩集を読んだ方がいいかどうかと問われるならば、わたしは、読んだ方がいい、読まないと後悔する、と答える。」とタイトルを見事にもじって絶賛しているのである。それでは早速、職人芸とも言える「葱」という詩を読んでみよう。

葱

葱はもう永いこと
脇役を演じて久しい

朝の納豆
夜の湯豆腐
蕎麦の薬味
焼き鳥の肉と肉のあいだ

葱一本で独立するべきときが来ているんだ

ねえ　そうだろう

ねぎらいの言葉もきかず
葱はだまって
まっすぐに背筋をのばしたままだ

（土の奥深く白く長い根を隠して）

唸りたくなるほど葱の特質を上手に表現している。脇役としての葱を、「焼き鳥の肉と肉のあいだ」と言うあたりは実に芸が細かい。「葱一本で独立するべきときが来ているんだ」の諧謔は絶妙で、「ねぎらい」と「葱」の言葉遊びのサービス精神も忘れてはいない。そして何よりも驚くべきことは十二行という短い行分けの立ち位置の清さと無駄のなさだ。正に詩でなければ成し得ない文芸と言えよう。

清岡卓行はこの詩集を「庶民の生活をそれよりもいわば遥かに低姿勢の野菜畑の生態などに重ね、写実と諧謔を交錯させたりして、笑いをともなう高い批評や、美をともなう深い瞑想などをもたらしたのである。八木幹夫はこの詩集によって、現代詩における一つの貴重な位置に立った。」と最大限の賛辞をもって称賛している。実際第十三回現代詩花椿賞、第四十六回芸術選奨文部大臣賞新人賞のダブル受賞に輝いており、文句なくこの詩集は氏の代表詩集であると言えるのである。

第六詩集『めにはさやかに』（平成十年）は二十五篇を擁する上製本詩集であるが、まず驚いたのは初出一覧の発表媒体の多さである。一般には五種類程度の詩誌であろうが、この詩集では十七種類の発表の場があり、書下ろしは一篇のみなのである。このことはいかに氏のネットワークが広いかを指し示している八木氏の詩は、そのほとんどが日常の出来事に端を発しているが、普通であれば見過ごしてしまう詩の風を見事に捉え、ぼくらに分かり易く差し出してくれる。次の「野の花」という詩もそのような一篇だ。

野の花

限りなく猿にちかく
限りなく人にちかい
百数十万年前の
猿人の化石が発見された
分析してみると
その人骨もしくは猿骨の周辺には
さまざまな種類の花粉があったという
とすれば
死んだ仲間に向かって
かれらは
花を

手向けたのだ
限りなく人にちかく
限りなく猿にちかい
涙を
ときに
わたしも流す

うっかりすれば読み過ごしてしまうような小さな記事にも詩人の心は漣立つのである。そして百数十万年前の猿人の哀しみの涙に驚いてしまうのである。氏はあとがきで、「半世紀を生き、目に見えないものに突き動かされて詩を書き続けてきた」が、いまだその「気配をとらえることができていない」と述べ、「詩とは、いつもその一歩手前で正体を攫み損ねたるものなのかもしれないと謙虚に語っている。そんな氏の詩に対する姿勢を想像すると、意表外のところから吹く風に向って、常にワクワクドキドキしながら補虫網を翳し続けている少年の姿が目に浮かんでくるのである。

第七詩集『夏空、そこへ着くまで』（平成十四年）は、これまでの詩集と少し趣を異にして家族のことが多く描かれている。最初に友達にはホワイトハウスと呼ばれる自宅「白い家」、中盤にはアメリカのタコマに嫁に行った娘に捧げる詩を収録している。その中から、「冬の帽子」を紹介しよう。

冬の帽子

時々　衝動的に編み物を始める妻は
夕食後　何を話しかけても話さない
黙々と編みつづける
誰のために
といっても答えない
秋の虫が鳴き始める
小さな帽子のようなものができあがる
もう一度
誰のために　とたずねる

一番遠くにいる人に
それじゃあきっとぼくのことだ

最近ぼくらは会話もしないから
あなたはここにいるじゃない

一番遠くにいる人に
あたたかく包むものをぼくも贈りたい

まるで映画のワンシーンを見るような詩篇である。娘を思う親の気持ちが切ないほどによく伝わってくる。「しあわせになりたい」と言って何も持たずに一人で日本から異国へ飛び出していった娘。心配で心配でたまらないのである。何かに没頭している時だけが、不安を忘れることが出来るのである。

第八詩集『夜が来るので』(平成二十年)には、氏も六十一歳と還暦を過ぎたせいか過去に思いを馳せる詩篇が多い。そんな詩篇の中から「夏の畳」を読んでみよう。

夏の畳

夏畳いくたび母を呼びしかな

汗を流して
眠っていた
蚊取り線香の匂いが奥座敷にただよって
家の者はどこにも
誰もいない

部屋の壁と言う壁は
夕焼けが射し込んで
真っ赤だ
物売りの声が
遠く響いていている

みんなどこへ行ってしまったのだろう
見知らぬ場所に置き去りにされて
天井の木目を見ている

土間のある
台所の方で
母の下駄の音がして
ここが
私の家だ
と気付くのにしばらくかかった

(どうして眠っているわたしをひとりにして
(どこかへいってしまうんだ
(夢の中で迷子になってしまうじゃないか

かなしみが
黒い雲のように襲ってきて
何度も何度も母を呼んだ

略歴でも紹介したが、氏は五歳頃まで話すことも歩くこともできなかったという。それを苦にして母は背中に背負った息子と一緒に何度鉄道に飛び込もうと思ったかしれないと、後年冗談を交えて話したこともあったというから、親子の絆は想像を絶するものがあったに違いない。片ときも離れることがなかった母の不在、呼べども呼べども声にならない叫び、その恐怖感がひしひしと読む者の心に暗雲のように伝わってくる詩である。

そんな言語及び運動発達の極端に遅れた子供が、よもや日本を代表する詩人となり、中学のバスケット部顧問として三十年間も指導し活躍するなど、果たして当時の誰が想像し得たであろうか。時として神様はこのように素敵な奇跡を起こすものである。

第九詩集『川、海、魚等に関する個人的な省察』（平成二十七年）は海や川に棲む生物を扱った、いわば企画詩集としては第三弾となる。ここでは序詩に掲げた「どぜう」を紹介する。

どぜう

どうしても
泥鰌は
どぜう
でなければ
なりません

ヨソユキの裃
一張羅の燕尾服
を着るように
泥鰌
なんて
漢字で
は
感じが
出ません

春の田圃の
へどろをかき混ぜて
ふっと
動きをとめ
水面を見上げる
ちょびヒゲの哲学者

泥鰌は
どろを吐かせて
どぜう
でなければ
なりません

どうして?

哲学せよ
みずから

八木幹夫が私淑する詩人西脇順三郎は、渋谷道玄坂の「駒形どぜう」がなじみの店で、氏も飯島耕一氏や新倉俊一氏と一緒に訪れたことがあると言う。そのことを友人の井川博年氏に話すと、彼は「ドジョウなんて喰う奴は田舎者だ」「俺は、ドジョウなんて田舎くさいものは食わない」と話し返したという。「井川さんだって田舎ものじゃないの。」と内心思ったというのだが、鰻好きの井川氏のことを思うと、微笑ましいエピソードである。田舎育ちのぼくもやはり泥鰌は苦手で、小さい頃近所の家でおやつに出された泥鰌団子には辟易した思い出がある。

ドジョウはちょびヒゲの哲学者とあるが、そう言えばソクラテスほどではないが、八木氏も立派なお髭を蓄えていて詩人と言うよりは哲学者然としたどっしりとした風格がある。

第十詩集『郵便局まで』（令和元年）には、亡くなった両親や家族のこと、親しくしていた詩人たちへの鎮魂歌、草木など自然の生命力、言葉へのこだわり、古典から啓発を受けた詩など様々な詩篇計四十篇が収録されている。表紙絵には浮世絵風の樹木と赤いポストが描かれており、新旧の文学が混在するこの詩集のコンセプトに正にぴったりだと言える。装画の作者は奥付にAmeena Rose Williamsとあるが、彼女はなんと氏と同居している孫娘というからこれには本当に吃驚してしまった。さらに彼女はアンダー16茨城国体バスケ女子の部で神奈川県代表に選出されたアスリートであり、バスケ部の顧問を長年務めた氏にとっては自慢の孫でもあるのだ。帯には「非情の抒情詩人、八木幹夫が到達した未踏の領野」と謳われているが、この乾いた向日的な抒情性は、新たな抒情詩の分野を開拓したと言っても過言ではない。その中から平成二十二年三月日本現代詩歌文学館「啄木に献ずる詩歌」に寄せた、氏の作品の中では珍しいとも言える定型詩「トンデモナイ男」という詩を読んでみよう。

トンデモナイ男

とんでもない男だった

東京に行って小説家になるんだと
借金無心稿料前借
おお　オウガイさん

とんでもない男だった
死ぬ死ぬと脅し　友の給料で
借金返済花街がよい
おお　キンダイチさん

とんでもない男だった
女房子供に仕送りもせず　天下国家を論じ
歌を玩具と言い切った
おお　テッカンさんアキコさん

とんでもない男だった
父も叔父もそしてぼくも　その歌に
あたまをガーンとやられた

おお　少年の日々
やはらかに柳あをめる北上の岸辺目に見ゆ泣けとごとくに

とんでもない男だった
ことばが心の闇を蛍のように飛びまわり
さわやかな清流を呼んだ
おお　柳よ　ふるさとの川よ

とんでもない男だった
今でも　ぼくの空っぽのあたまを
コツコツとたたく
おお　啄木

三枝昂之氏の著書『啄木——ふるさとの空遠みかも』によれば、啄木は借金の天才であり、二十六歳の全生涯で、今のお金に換算して二千万円を超える借金を踏み倒したというから、本当にとんでもない男だったと言える。それでも多くの人々が喜んで彼に手を差し伸べたのは、きっと彼の並々ならぬ才能に惚れこんでいたからであろう。略歴でも触れたが、八木氏の文学的出発は短歌からである。少年の日々に啄木の歌に心酔し大学では本格的に短歌の道に進むことになる。と同時に現代詩も書き始めるのであるが、詩人の間では短歌的抒情は「奴隷の韻律」として少し肩身の狭い思いをしてきた。しかしある日滔々と啄木論を論じる詩人に出会うのである。その詩人こそが今でも大の親友である井川博年さんであったと直接本人からお聞きした。

啄木ファンのお二人は、啄木関連の施設はこれまですでに何度も見学されていたのであるが、啄木の通った盛岡中学跡地と妻節子が通った盛岡女学校跡地と盛岡城跡公園の歌碑を見学されたいと言うことで、令和元年五月に幸いにもぼくら夫婦もその旅に同行させていただくことになったのである。盛岡はぼくが学生時代と勤務医時代を計十八年間過ごした街である。そして、今回の旅の前に調べたのであるが、盛岡中学は岩手銀行本店前に、中学の図書庫は岩手医科大学付属循環器医療センター前に歌碑があり、盛岡女学校は盛岡中央郵便局前に碑文が設置されていた。不来方城の歌碑にはあの有名な「不来方のお城の草に寝ころびて空に吸はれし十五の心」の歌が刻まれていたが、なるほど中学から授業を抜け出して歩いてくるにはさほど遠くないなあと妙に感心してしまった。それにしても長年これらの碑の脇を通りながら、一顧だにしなかった自分の不明を恥じたのは言うまでもない。

さてこの作品もそうなのだが、氏の詩篇にはさりげなくウイットに富んだユーモアがある。そして土と植物の匂いがして、色彩感覚にも優れ、人類の寂しさ、永遠の哀しさを感じさせるそんな詩が多いのだ。さらに何と言っても優しさに満ち溢れている。その優しさが清冽な抒情詩として次々と泉の如く湧き出してくるようにぼくには感じられるのだ。それにしても氏は誰に対してもとても優しい。一体この優しさはどこから生まれてくるのだろうか。私見を恐れずに述べてみると、前述した幼少時の地獄を体験したことが大きいのではなかろうか。人間の発達過程において最も重要な話すことと歩くことが小児期に奪われたのである。子供にとってこれほどの地獄はなかったはずである。全てを受容することしか彼には生きる選択肢はなかったはずである。そこで生まれたのが氏独特の寛容の優しさなのである。そしてそれは人間の無限の可能性を信じることのできる寛容の優しさなのである。常に光を見つめることのできる優しさとも言えよう。しかもそれは、氏自身の人生が証明してきたことでもあるのである。このことから氏が言葉に拘り、文学を心の天職としたのも容易に頷けるのではないだろうか。

氏は常に「詩の言葉が個人という枠を超えて広く人々の胸に響くということがあるのは、詩のどんな力によるものなのだろう」と自らに問いかけながら詩を書いてきたと言う。それはつまり自らの経験や記憶をたどりながら、詩を書くことにより自我意識を世界に開放してきたとも言えるのである。だからなのだろうか、氏の詩はちっとも押しつけがましくない。暖かく見守ってくれる詩が多いのだ。再生を自ら促してくれるそんな効用もあるように思えるのだ。

私事で申し訳ないが、平成二十六年の一月三十日にぼくは初めての評論集『詩人のポケット』を上梓したのだが、何と最初の礼状が、忘れもしない八木氏のメールだったのだ。そのメールには、「貴著『詩人のポケット』大変興味深く拝読しました。昨夜、池井昌樹と井川博年と3人で新宿で呑んだばかりです。あなたの評の中に井川博年論がありましたので、早速、うれしく読みました。井川さんとは辻征夫さんを含めてすでに30年近い付き合いですが、今でも、彼とはいつ飲んでも楽しいし、詩を愛するという意味では傑出した人ですよ。あなたの視点には詩を大切に読むとはこうだと強く伝えてくるものがあります。」とあった。さらにメールは続くのだが、その暖かな文面の優しさにぼくは本当に参ってしまったのだ。

鈴木志郎康は人間存在の不可思議を身体詩を介して具現したのだ

言葉の身体性、とりわけ詩における身体性を重視した詩人と言えば真っ先に鈴木志郎康が挙げられるのではなかろうか。「生きた身体があって言葉を産み出せる、その言葉の産み出し方とあり方が問題」なのだというコンセプトのもと、当初から氏は一貫して身体詩を書き続けてきたのである。

いきなり私事で恐縮するが、ぼくが二十一歳で突然詩を書き始めた頃、鈴木志郎康と言えば、あのプアプア詩でH氏賞を受賞し十年が経過していた時期で、若かったぼくも多大な影響を受けた前衛詩の巨星と言ってよい存在であった。身体詩であるプアプア詩は正に明治の新体詩に匹敵する事件であったと言っても過言ではない。当時医学生であったぼくは、盛岡市の若手詩人が集った詩誌「百鬼」に所属していたが、他の先輩同人の影響で徐々に過激な前衛詩に興味を持ち始めていくようになっていた。そして読書経験も人生経験も浅いぼくの武器は医学用語しかないと思うようになり、オートマティスムを用いたシュールな詩を書き始めるようになっていったのである。そんな折、その頃読んだ伊藤比呂美の毛を抜く詩からインスピレーションを得た詩篇「毛を抜きたがる少女」が第三十三回岩手芸術祭文芸大会の芸術祭賞を受賞してしまったのである。愚かにもぼくが天狗になったのは言うまでもない。しかし、いずれにしても未だにぼくがこの詩の世界に取り憑かれているのは、この時の栄冠が忘れられないからなのかもしれない。そして、伊藤比呂美が「新日本文学」の「文学学校」でチューターをしていた鈴木志郎康に詩の手ほどきを受け、詩を書き始めるようになったという事実を考慮に入れれば、鈴木志郎康こそぼくが詩を続けることになった本来の恩人とも思えるようになったのである。

そんな経緯もあって、いずれは鈴木志郎康論を書きたいと思っていた矢先、平成二十九年四月二十五日に何と当の本人から「詩集『父の配慮』拝受しました。」の驚きのメールを頂いたのである。そこには「すらすらと読めて、そこに一人のいろいろと気遣われるお医者さんの姿がありました。」とあり、ぼくも罹患し手術した腰部脊柱管狭窄症のことも書かれてあったのである。天にも昇る気持ちとは正にこのことで、まさかあの学生時代に憧れていた大詩人からメールを頂くなんて夢にも思わなかったのである。そして病気のことを詳細に書かれたメールをじっと見詰めながら、やっぱり流石「身体詩人」だなあと大いに納得したのは言うまでもない。

それにしても、あの禍々しいほど強烈なエナジーを内蔵したプアプア詩は一体どこから生まれて来たのであろうか。ぼくにとってはずっと謎であったのだ。多くの芸術は模倣から始まると言われているが、プアプア詩の前衛としての斬新性は極めて特異である。氏は詩を書き始めた当初、「自分の言葉で書いていく」というスタンスを採ったという。だから「現代詩手帖」

などの商業雑誌はほとんど読んだことも無ければ、「真似した詩人がない」とぼくにとっては驚きの発言をしているのである。最初に意識した詩人は、ゲーテとランボーぐらいだと回顧しているくらいだから、この言葉はハッタリでもなんでもなく鈴木志郎康詩を解析していくうえで極めて重要なキーワードになるとぼくは咄嗟に思ったのである。

また、氏は驚くほど多産な詩人でもある。二十八冊の単行詩集と、四冊の選詩集、三冊の小説集、十二冊の評論集、そして写真集やフィルム作品などの膨大な映像作品群を作製しており、その全体像を捉えることはなかなか容易なことではない。前置きはこれくらいにして、氏の略歴から辿ってみることにしよう。

昭和十年、鈴木康之（本名）は東京都江東区亀戸に生まれる。父は木炭小売業を営んでいた。昭和十六年（六歳）太平洋戦争始まる。昭和十九年（九歳）山形県赤湯町に疎開。先生のエゴイズム、子供間の拷問、虐めなどを知る。昭和二十年（十歳）東京大空襲で被災した後、千葉県や埼玉県に疎開しこの時、米艦載機から機銃掃射される。八月終戦。昭和二十一年（十一歳）焼け跡の亀戸に戻る。昭和二十三年（十三歳）日本大学第一中学校に入学。野球と鉄道模型やラジオ工作に熱中。昭和二十六年（十六歳）日本大学第一高等学校入学。この頃から小説や詩を書き始め、映画にも熱中する。昭和二十七年（十七歳）友人北澤實らと文芸同人誌「ふらここ」や「瘋癲」を出す。昭和二十八年（十八歳）ゲーテの本を沢山読む。昭和三十二年（二十二歳）早稲田大学第一文学部フランス文学専攻に入学。昭和三十四年（二十四歳）高野民雄と共に「青鰐」創刊。この頃より志郎康というペンネームを使い出す。昭和三十六年（二十六歳）早稲田大学を卒業し、NHKに映画カメラマンとして就職。谷口悦子と結婚。昭和三十七年（二十七歳）同人誌「バッテン」に四号から加わる。広島局に転勤し、以後五年間在局する。昭和三十八年（二十八歳）第一詩集『新生都市』を刊行。昭和三十九年（二十九歳）同人誌「凶区」を創刊。この頃から個人映画を作り始める。昭和四十二年（三十二歳）第二詩集『罐製同棲又は陥穽への逃走』を刊行。同詩集で翌年第十八回H氏賞を受賞。昭和四十四年（三十四歳）現代詩文庫22『鈴木志郎康詩集』を刊行。昭和四十五年（三十五歳）評論集『純粋桃色大衆』を刊行。昭和四十六年（三十六歳）第三詩集『家庭教訓劇怨恨猥雑篇』を刊行。昭和四十七年（三十七歳）評論集『純粋身体』を刊行。鈴木悦子と離婚。昭和四十八年（三十八歳）田山麻理と再婚。昭和四十九年（三十九歳）長男草多誕生。第四詩集『やわらかい闇の夢』を刊行。昭和五十年（四十歳）評論集『極私的現代詩入門』、第五詩集『完全無欠新聞とうふ屋版』を刊行。昭和五十一年（四十一歳）第六詩集『見えない隣人』を刊行。昭和五十二年（四十二歳）第七詩集『家族の日溜り』、第八詩集『日々涙滴』、評論集『机上で浮遊する』を刊行。NHKを退社。昭和五十四年（四十四歳）第九詩集『家の中の殺意』を刊行。昭和五十五年（四十五歳）次男野々歩誕生。第十詩集『わたくしの幽霊』、新選現代詩文庫117『鈴木志郎康詩集』、評論集『穂先を渡る』を刊行。昭和五十六年（四十六歳）第十一詩集『水分の移動』、第十二詩集『生誕の波動』を刊行。16ミリ作品『比呂美――毛を抜く話』を上映。昭和五十七年（四十七歳）早稲田大学文学部文芸科非常勤講師。評論集『映画の弁証』を刊行。昭和五十八年（四十八歳）詩誌「壱拾壱」を始める。五月六日寺山修司の通夜に行く。第十三詩集『融点ノ探求』、第十四詩集『二つの旅』を刊行。昭和五十九年（四十九歳）第十五詩集『身立ち魂立ち』、評論集『いま、詩を書くということ』を刊行。昭和六十年（五十歳）第十六詩集『姉暴き』を刊行。昭和六十一年（五十一歳）第十七詩集『手と手をこするとあつくなる』を刊行。昭和六十二年（五十二歳）第十八詩集『虹飲み老』を刊行。昭和六十三年（五十三歳）評論集『現代詩の理解』を刊行。平成元年（五十四歳）第十九詩集『少女達の野』を刊行。詩誌「飾粽」創刊。平成二年（五十五歳）多摩美術大学美術学部二部芸術学科の教授に就任。吉岡実の通夜と葬儀に行く。第二十詩集『タセン（躱閃）』を刊行。平成四年（五十七歳）第二十一詩集『遠い人の声に振り向く』を刊行。「北村太郎さんとのお別れの会」に行く。平成六年（五十九歳）現代詩文庫121『続・鈴木志郎康詩集』を刊行。平成八年（六十一歳）HPに「曲腰徒歩新聞」創刊。第二十二詩集『石の風』を刊行。平成十三年（六十六歳）第二十三詩集『胡桃ポインタ』を刊行。同詩集で翌年第三十二回高見順賞受賞。平成二十年（七十三歳）第二十四詩集『声の生地』を刊行し、同詩集で第十六回萩原朔太郎賞受賞。平成二十一年（七十四歳）『攻勢の姿勢』刊行。平成二十三年（七十六歳）評論集『結局、極私的ラディカリズムなんだ』を刊行。平成二十五年（七十八歳）第二十五詩集『ペチャブル詩人』刊行。同詩集で翌年第二十三回丸山豊記念現代詩賞受賞。平成二十七年（八十歳）第二十六詩集『どんどん詩を書いちゃえで詩を書いた』を刊行。平成二十八年（八十一歳）第二十七詩集『化石詩人は御免だぜ、でも言葉は。』を刊行。平成二十九年（八十二歳）第二十八詩集『とがりんぼう、ウフフっちゃ。』を刊行。

詩的営為を中心に、簡略な履歴を作成してみたのだが、その膨大な量に今更ながら圧倒されてしまう。質、量ともにぼくにとっての三大詩人はやはり金子光晴、田村隆一、鈴木志郎康であると今回改めて確信した次第である。

さて、本来ならば第一詩集から読み解いてゆくところなのだが、鈴木志郎康といえばプアプア詩と言われるほどエポックメイキングな前衛詩篇を初期の段階で書いていることは承知のことである。その衝撃度は極めて絶大であり、画期的であり、正に事件と言っても過言ではない。その集大成である第二詩集がH氏賞を受賞したことは当然のことであったと言えよう。しかし氏の前衛詩篇が生み出す芸術最前線の嵐は世間の常識をことごとく脅かしたであろうことも想像に難くない。某雑誌に詩を依頼され、そのために書かれた詩が掲載を拒絶されたエピソードなどはその好例と言えよう。鈴木詩を論ずる上で、プアプア詩を含めた初期詩篇は極めて重要な屋台骨となる。そう言った意味においても、平成二十一年に未刊詩篇を含む初期詩篇を集成し刊行された『攻勢の姿勢』は重要な意味を持つ選詩集だと言える。プアプア詩の誕生の秘話を探るべく、まずは集中の「攻勢のスクリーン 1958-1964」の詩群の中から「口辺筋肉感覚説による抒情的作品抄」の「作品10」を紹介してみたい。

作品　10

ポポ

ヌムヌムモナラミ
ヌルヌルモモヌム
ギレッチョ
ズルマッチョ
ヌムヌムモナラミ
ヌルヌルモモヌム
ズルマッチョ
ポエ

この音韻詩は不思議なナンセンス詩である。しかも全てオノマトペで書かれていることは注目に値する。さらに氏のオノマトペは擬態語でも擬声語でもない。言葉には違いないのだが意味を持たない言葉なのである。意味は持たないが、そこにある種のリズムと反復、そして何らかの身体的アクションを想起させようと目論んでいるのだ。この詩も口辺筋肉を最大限に利用した身体詩と言ってよい。ナンセンスこそ新しい意味をそこに盛り込むことができるのだと氏は声高らかに主張しているのである。北村太郎は「観念へもっと近く」という論考のなかで、この詩には、「後年の鈴木志郎康のすべての詩の萌芽がある」とまで述べている。例えば、「肉体の重視は題名にあきらかであるし」、「詩のあり方自体が暴力的で」あり、「音自体に面妖なリアリティがある」と述べているのである。これらの解題は極めて当を得ており、鈴木氏はその後多少の変化はあるものの、この路線を愚直なまでに一歩一歩歩んでゆくことになるのである。

それではこの後は順を追って第一詩集『新生都市』（昭和三十八年・新芸術社）から読んでいってみよう。本詩集はソフトカバーで「叢書・現代詩の新鋭(2)」として刊行された。表紙には鈴木悦子氏の版画が描かれている。タイトル詩ともなった「新生都市」はどことなくシュールな絵画を眺めるような詩篇である。

新生都市

空に雲はなかった
雷鳴もなかった
風はひたすらペンペン草をゆらした
わたくしはその時を知っている
暗い穴から最初の血まみれの白い家が現われた
女の穴から血まみれの家は次々に現われた
乾いて行く屋根の数は幸福であった
それは今女が生み落したばかりの都市であった
人間のいない白い道路
人間の影のない白い階段
純白の窓にはもう血痕はなく
壁は余りにも自由であった
コロナに輝く太陽の下に
腐って既に乾いて行く母親の死体の上に
白色に光る直線の都市はおどろくばかりの速さで成長した

人間はなく
風はなく
既に空さえもなかった

一読、これは母殺しを主題にした詩である。「母殺し」は寺山修司の創作の中ではあまりにも有名になってしまったが、思春期の男子にとって母親の存在は想像を絶する巨大な壁となって立ちはだかるのが常なのだ。ましてや言葉の過激な様相を出現させようと果敢と挑む青年詩人にとって、母親は虚構の世界であっても、その屍を乗り越えて往かねばならない存在なのだ。氏は母親からの支配から早急に逃れたくて経済的に自立できるようになるとすぐに結婚したと告白している。

また、脚韻「た」の連続は、あたかも映画のシーンを詩行にしたような印象を受ける。そして「白」の多用。「白色は、物との間に違和感を感じ私のこの違和感を性急に解消しようとする内面的な運動」だと述べているように、あたかも映画フィルムでだんだん露光オーバーとなり、「白」の状態に昇華することを願っているようにも思える。氏にとっての新生都市とは、母なる血族を超え、「赤」から限りなく「白」に移行させることなのではなかろうか。氏にとって詩を書くことは畢竟、完全に自由な言葉を目指すことなのである。

第二詩集『罐製同棲又は陥穽への逃走』(昭和四十二年・季節社)は、恐らくは我が国における最も過激な驚愕の前衛詩集ではなかろうか。装幀も奇抜なペーパーバックを用い、表紙絵は前回に続いて鈴木悦子氏による猥雑にパワーアップした装画で飾られている。それでは鈴木志郎康詩の代名詞ともなったプアプア詩群から。

私小説的プアプア

十五才の少女はプアプアである
純粋桃色の小陰唇
希望が飛んでいる大伽藍の中に入って行くような気持でいると
ポンプの熊平商店の前にすごい美人がいるぞ（註1）
あらまあ奥さんでしたの
プアプアと少女の父親と私との関係は
二役で道路を歩いていると小石が転っていた
敵だ
敵を殺さなければ平和はないと今朝の新聞に出ていました
これがベトナムの真実だ
写真が5枚

歴史的宿命だ
写真が５枚
のどちんこがチクリ
そんなことをいっていると反動としての効果を上げる
広電バスの非常口を使え（註２）
血をきれいにする詩法なのだ
純粋桃色の小陰唇なのだ
もうひとりのプアプアが私の方に向って来る
またひとりプアプアが私の方に向って来る
遂にプアプアが私の方に向って来る
私はオーロラに包まれている
私は純粋もいろに射精する
プアプアちゃん行っちゃいや、ああ私の天使
それなのに教授は腕をひっつかんで大英博物館へ連れて行ったのだ（註３）
角のところに赤毛の日本女がいる、２本のももが透けている
彼女は処女だ
いや非処女だ

では賭けるとしよう
私は別に処女はすきでもないけど、きらいでもない。（註4）
去って行くプアプアは父親をこわがっているのさ
男根さ
おやじというのが叩いてピアノで十八万円もしたそうだ
しかしながら処女は父親が犯し父親は非処女の舌にくるまってベーコン巻き男根の日曜日
　の出勤で
あらまあ奥さんでしたの
壁の穴は大きいでしょう
（私が手淫しているのが見えましたか）
米国は卑怯だとフィン・タンファト氏はいった（註5）
胸に轟きますね
でありますから全国のカメラマンよ集結せよ
今や天皇陛下並び美智子妃殿下を
ありとあらゆる角度のあらゆる日時において撮影せよ（註6）
当然明るみに出てくるであろう純粋桃色の突起物よ
私はプアプアと歩いていたのだが

あれに会ったのさ
あらまあ奥さんでしたの
白色になった小陰唇なの
鶏だ滝だ、羽ばたき飛び立つ巨大な滝（註7）
何とも二十年も連続して生きて来た広島の人たち
広島を一日も早く、東京へ立ち去りたい私
困ってしまうわ、あたし、だってその、あら、
セビロ屋のズボンの大安売りが始まった（註8）
大急ぎで上の道を駆ける位に歩いて行くと
十五才純粋ももいろのプアプアが向うから走ってくる
突然私は勃起して

註1　一九六五年七月三日、広島市十日市町交叉点の歩道の安全壁に二年前に書かれていた「愛の道路」という文字が「ポンプの熊平商店」という字に変っているのを見た。
註2　広島市を走っているバス、一名青バスともいう。
註3　広島テレビ、七月三日午後八時外国製テレビ映画「泥棒貴族」より。
註4　戸田桂太氏六月二十四日付の私信より。

註5　七月三日毎日新聞に岡村昭彦氏のベトコン副議長会見記が載った。
註6　七月三日丸善広島支店で天皇の「相模湾カニ類」資料展を取材して。
註7　七月三日八時三十分NHKテレビ「婚約未定旅行」を見て退屈の余り。
註8　この特売で五五〇円のズボンを買った。

それにしてもこの詩篇の斬新性はどうであろうか。半世紀以上も前に書かれた作品なのだが、今読んでもその鮮度は少しも損なわれていない。驚きを受ける度合いが半端ではないのだ。常識を完全に覆す言葉の連鎖に、読者は恐怖さえ感じるであろう。正に別世界であるシュールレアリスムの戸口に茫然と立ち尽くすことになるのである。

氏によれば、「十五才の少女はプアプアである」という言葉は、「広島市三條本町にあった私のアパートの、出勤前の便所の中で、頭の中に浮んで来た」と回顧している。「プアプア」という言葉は、それ以前に中学校の卒業式を取材した折、中学校の女の子たちの口元をアップで見ていたらみんなパクパクしていて、それに凄い生命感を感じ、そこから派生してきたというのである。

そして、一連の「プアプア詩」の作詩法に触れ、「私は『プアプア』という無意味な言葉を使い、その無意味の外延を日常の私個人の出来事や思いを言葉にして埋めて行くという仕方で詩を作った」と述べ、「私の書く詩が私の意識内のことから出発しても、私の主観の範囲を超えたものとなり得た」とし、さらに「それは、私の詩の言葉が一つの虚構として自立し得たことであった」と確信しているのである。

氏の言葉の豊饒さと猥雑性に触れ、富岡多恵子は「これまでのだいたいの詩は、叙情によって観念を拡散することはあっても、コトバを鉄砲のタマ（しかも散弾）にして観念自体のカタマリをこなごなにすることで拡散する詩はあまりなかったからであった」とし、観念を拡散しようとする氏の目論見を小気味よく看破しているのである。

氏にとって「プアプアとはつまり言葉の処女膜」であり、「一連の詩はこの処女膜を破ろうとする」「挑みかかる行為そのもの」と言えると自己分析しているのである。何故そこまで言葉に執着しなければならないのか、それは本人にさえ分かりかねる不思議な世界と言えよう。

第三詩集『家庭教訓劇怨恨猥雑篇』（昭和四十六年・思潮社）は、前詩集と同様のペーパーバックの装幀で、内容はさらに過激となる。まずはタイトル詩ともなった「家庭教訓劇」のさわりの部分を読んでみよう。

家庭教訓劇（註を必読）

オイ
殴れ

ボワシーン
ガワワアン
殴り倒されたる妻一匹
計一匹
茶の間の敷居でせりにかける
この女体はまだ息はしているよ
包丁を引けばお腹から赤い血も出る

ひどいよ
ひどいよ

あんまりだ
肉を食うにはてめえの口に入れるけど
肉欲は個人をひっつかまえて食いちぎる
（後略）

この詩篇の註の最初に、「この詩は中央公論社発行雑誌「海」昭和四十四年十月号の依頼で書かれて、掲載を拒絶されたものである。」とあり、事の顚末の詳細が述べられている。掲載拒否の理由は最後まで明かされなかったということであり、氏の怒りも充分に理解できるのではあるが、それほどまでに前代未聞の危険な過激さを内包していたということは、むしろ誇れる椿事であったと言えるのかもしれない。

第五詩集『完全無欠新聞とうふ屋版』は、本来は第四詩集として刊行されるべき詩集であったのだが、あとがきにもあるように「他人が詩集にしたいというには何かが欠けていると思える」詩集であったためか刊行できず、しかしこのまま陽の目を見ないのはあまりにも不憫に感じられ、遅ればせながら私家版として刊行されることになったのだ。その理由の一つとして感情の激烈さが一層進み、その頂点に行ってしまった詩だからと自己分析している。その激烈の極みの詩篇「爆裂するタイガー処女キイ子ちゃん」のさわりの部分を読んでみよう。

爆裂するタイガー処女キイ子ちゃん
——完全無欠新聞グラビア説明文

（前略）

言葉を探せ！

ムッグゥーッ　声帯から血
舌からも血
血は口腔内に氾濫する
人呼ぶところのタイガー処女キイ子ちゃんも
言葉を探せ！
人間は食物を口から食べます
人間は口を合せてキッスします
人間は口を使って言葉を発音します
人蔑むところのタイガー処女キイ子ちゃんも
口から食物を食べるけれど
ノーキッス
ノーワード
（後略）

そしてこの詩篇はさらに激烈さを増してドンドン突き進んでゆくのである。読者はぼくも含めて、唖然茫然騒然として立ち尽くすしかないのが本音ではなかろうか。しかしこの詩集のユニークなところは、再婚相手の田山麻理のメルヘンチックな少女の絵や、赤瀬川原平のイラスト、荒木経惟の写真とのコラボレーションが華を添えているところであろう。
第四詩集『やわらかい闇の夢』（昭和四十九年・青土社）は、あとがきにも記しているようにこれまでの一連のプアプア詩と一見だいぶ趣を異にしている。「生活している私自身の気分が変わってしまったから、詩も又変わってしまったと言えよう。感情をたたきつけるという気分から、感情をもって生活している自分の姿を見るという気分になったのである」と述べている。これは先妻の悦子さんと離婚し、麻理さんと再婚したことが極めて大きな影響を及ぼしているのである。つまりこれまでの表現至上主義から、世の中の普通の自然性を受け入れることが可能になった変化なのである。装幀も山藤章二の似顔絵を用いたハードカバーで一新している。
まずはその奥さんが登場する詩を読んでみよう。

便所の窓の隙間から

便所の窓の隙間から
マリの住む5号棟が見える
私のところは1号棟の６０６
マリは5号棟の６０６
全く妙な縁ですね

とマリのお父さんは結婚を許してくれていった
私は便所の電燈をつけておく
それは私が在宅して起きているというしるし
私はテレビの途中で
マリはまだ起きているかなと便所へ行って
マリの部屋の灯を見る
本を読みさして便所へ行って灯を見る
まだ起きてる
もう寝たな
それだけのことのために
何度もそんなことをする
人を好きになるなんて
おかしなことだ

なんと平易な詩への変貌であろうか。志郎康詩の登場は戦後詩始まって以来の大事件であったのだが、この大変貌も驚愕の事件と言っても過言ではなかったのである。あとがきには、「私自身が送っている生活のありようの中に、一瞬現れて消えてしまう今の世の人間の姿というものを、自分で見たいと思ったことが、詩の変化の動機だった」と述べ、「もっともっと観念から遠くへ行かなければいけないと思う」と結ばれているが、これは清水昶が奇しくも指摘しているように、そうすることによって「いまの世の常識とされているものを破ってみようとする自己変革への一歩なのかも知れない」。

第六詩集『見えない隣人』（昭和五十一年・思潮社）は井上洋介氏の装画が何ともユーモラスな上製本である。あとがきには「日常のこまかなことを詩の素材にしているわけであるからもっと書けてもよさそうなものなのになかなか書けない」と嘆いており、「やはり何かしら、詩を書くということの、ぴんと張られた糸の上に乗らないものは詩にならないということがわかって来た」と述べている。長男草多君の詩をひとつ。

乳をのませる麻理《まり》

先月生れた草多《そうた》に乳をのませる麻理の姿を
今は毎日見ている
大きな二つの乳房を出して
片方を赤ん坊にくわえさせ
片方に小さな茶わんを当ててほとばしる乳を掬う

「大きなおっぱいしているな」
と行きずりの男にいわれて
「赤ん坊がいるの」
「そうか」
といって行きちがったのよ、と麻理は笑っていう
満腹すると草多は眠ってしまう
まだ父も母もわからない
腹を満たすことと眠ることと排便すること
虫みたいだ、と私がいうと
えさをほしがる雛鳥みたいよ
と麻理の方は乳を与える母親なのだ

詩の書き方は大きく変わったものの、氏の身体に対する拘りは健在だということはこの詩からも充分に窺える。まだ言葉を持たない身体が存在することの不思議がしみじみと伝わってくる。

第七詩集『家族の日溜り』（昭和五十二年・詩の世界社）のあとがきを読むと、随分と多作となったとあるが、気軽に書けるようになったかというと、そうではなくて「平たい道を重い荷

物を背負って歩むというに近いものであった」と述べている。最初の詩篇『身を隠す』を読んでみよう。

身を隠す

気持が悪くなる
嘔吐を予感して
白昼の街の中に吐く場所を探した
人混みを抜けて
けもののように
身の隠し場を探した
下水道に通じる穴を探し出し
他人に見られずに吐いた
身を隠しおえたと安心して
コーヒー店の便所から出て
極く当り前に
ソーダー水を飲んで

口の中をととのえたのだ
頭の中では
ぼんやりと死のことを考えるが
これも隠した

自分の生活に素材を採った日常の詩篇なのだが、単なる生活詩と違ってゾクッとした恐さがある。清水哲男は詩集の帯文で「鈴木さんの詩は、だんだん恐くなってきた。この詩集には、一見なんでもないような生活の断片を、スナップ写真ふうに書きとめた作品が多い。でも、そんなささやかな『家族の日溜り』にむけて、実は詩人は闇のフラッシュをたいているのであると読める。そこのところが、私などにはなんとも恐いのだ」と分析しているのである。

第八詩集『日々涙滴』（昭和五十二年・河出書房新社）はハードカバー箱入り詩集であり、上野紀子氏が縫いぐるみを着た子供の絵を装画に描いている。日常の中に潜む狂気、詩人はさり気なくその瞬間を掬い取る。次の詩篇にもそんな恐さがある。

生きている豚

豚を見た

沢山の豚が豚舎の中で生きていた
飼われているのだ
小さなやつは柵の外を駆けまわっている
骨ぶとの丈夫な豚になるという
肉づきをよくするという
たね豚は恐ろしいという話になる
巨大なたね豚に喰われて
殺された養豚業者が話題になる
食うべき奴に喰われた
といって笑う
人間に口があるってことは豚と同じで
豚に歯があるってことは人間と同じだ
不思議はないが
話題がそんな具合になるのは
私らが肉屋ではないからだ

日常生活の些細な出来事を静かに語ってゆく詩法は、自分の主観を極力そぎ落とすことによって真実が浮かび上がってくるものではなかろうか。その時初めて言葉の身体性がものをいうのである。

第九詩集『家の中の殺意』（昭和五十四年・思潮社）からは、作風に第三期と呼んでもよい多少の変化が現れる。前回は再婚という生活上の変化であったが、今回はＮＨＫを退職したことと、家を新築して引っ越したことが詩の内容に変化をもたらしたのだろうと自己分析している。あとがきでも、これからは生活に密着した詩はあまり書かないようにし、空想的な詩や事物にこだわった詩を目指したいと述べている。次の詩からはそんな変化が読み取れるのではなかろうか。

少年

車内にかえるが乗って来た
彼は少年であった
学帽をかぶっていた
少年になったつもりでいるらしいが
明らかに失敗していた
首がない

それでも
小声で身体が悪い気分が悪いと
人間の子供らしく座席を求めて座り
座ると
隣の娘の肩に手をかけた
娘は蛇に抱かれたように
身をこわばらせて
両手を重ねて下腹部を押えた
その手の上にかえるは手をのせた
大人たちがたしなめたが
少年は眼を上に向けて
雨を待つような顔であった
手は娘の手を握ったまま
娘は
かえるの愛撫に色を失って
犠牲になった
私は

人々の肩ごしに息を殺して見ていた

氏は常に、言葉の身体性ということを目指して詩を書いてきたのだが、この時期には詩の姿も長い詩が多くなり、「身体や行為に絡めて夢や妄想を語ることで、個体として生きる人間の倒錯した意識を、言葉によって追求」するようになったと回顧している。

第十詩集『わたくしの幽霊』（昭和五十五年・書肆山田）は、死を限りなく意識した詩集である。どんな身体もいずれは死を迎えるわけであるが、身体はそこで消滅するのではなく、霊魂となって存在し続けるのである。幽霊に限りなく近いわたしの死。

なつかしい人

わたしの遺影の前には
パイプと煙草がきっと置かれるだろう
そんなふうな
気遣いをしてくれる人が
一人ぐらいはいるだろう
パイプをくわえて

薄暗い室内に坐っていると
その人が急になつかしくなる
しかし、その人が誰なのかは
まだ生きている
わたしにはわからない

あとがきでは「死という言葉が方便のように使われているのが見苦しく思えた」とあるが、それでもやっぱりこの詩には、恐さの中にも暖かさがあるのが救いだ。
第十一詩集『水分の移動』（昭和五十六年・思潮社）のあとがきで、「自分が書いている言葉が身振りの一つとしてしか受け止められないであろうと思い至ると、もの凄い脱力感に襲われるのだ」と書いているが、それでも何とか相手に分かってもらいたいと必死なのである。逆に解らない日本語を話す人は怖いのである。

言語の恐怖

貧しい人間を見た
金を持っていない人間だ

私は恐れた
これはいけない
見ていた
私はあからさまに見ていた
あかにまみれた人間というものを
警官が二人来て
立ち去らせようとしているが
足が逆になっているのだ
右が左足に
左が右足に
靴だけのことか
私が話す言語と同じ
たしかな言語を口にしているが
わからない
恐れた
これはいけない
恐れた

例え言葉は身振りであっても、実質が伴わなければ空虚な物理現象に留まってしまう。意味として通じることさえ拒否されてしまうのである。そのことの恐さをこの詩は如実に物語っているのである。

第十二詩集『生誕の波動』（昭和五十六年・書肆山田）は、雑誌「ホームドクター」の扉の頁に一年間毎月十四行の詩を掲載したのだが、その十二篇の詩を核にして、韻文と散文を書き足して一冊の本にしたとある。折しもこの連載の十二カ月は次男野々歩の受胎から誕生までの月日であったという。では最後の赤ちゃん誕生の詩を読んでみよう。

赤ちゃん――

迎える冬に
日を溜める思いでいる
そこに生れてくる者よ
胎内の暗闇から出たばかりの
この光の中にあって
言葉を持たない
光の思考を続ける者よ

地球と同じ位に重い小さな者よ
おまえは
二万年の記憶の先を
既にもう見てしまっているのであろう
赤ちゃん
透明な頭脳を持つ者
秋の光の中に泣く

ここでは散文を省略して詩篇のみ紹介したが、母にとって、そして父にとっても我が子の誕生は正に感動の瞬間である。闇から光の中へ、そして言葉のない世界から言葉の豊饒の海に産み落とされる赤ちゃん。身体と言葉の誕生が秋の日の光の中で神々しく輝く。

第十三詩集『融点ノ探求』（昭和五十八年・書肆山田）からは、「顔」という詩を紹介してみよう。

顔

カオ

カオス
カオヲオカス
カオヲサガス
カオニ
ニタカオヲサガス
ニタカオ
ニタ　ニタ
ニタ　ニタ
ニクシンノニタカオ
カオヲサガス
カオヲオカス
カオス

（中略）

わたしの顔が
恐怖に近い感情を

ひとりの人に起したので
わたしは　いとも
わたしの肉体を
容易に
想念し得た

例えば電車の中で、見知らぬ人にいつまでもじーっと見詰められたら、それは恐怖に近い感情を引き起こす。顔を犯されたことになるからである。第一連目は、連想ゲームのようにカオからカオスが導かれている。顔はその人間を象徴し、カオスは混沌であるから死を意味する。固体が液体になるときの温度が融点であり、さらに気体になるのが沸点である。つまり、人間の融点とは死を意味するのではなかろうか。氏にとって自分の肉体を意識すればするほど、想念は死に向かうことになるのである。

第十四詩集『二つの旅』（昭和五十八年・国文社）は、氏にとって初めての「書きおろし詩集」である。依頼から、中々書けずに完成までに二年間を要したという。詩篇は「西の旅」と「東の旅」の二篇だけで構成されており、最初の詩篇は、

行った

無くなっていた
人が所有する木造の建物だった
その中で
わたしたちは暮らしていた
行きようもない
そこへ
行った

で始まる。「西の旅」は広島市への、別れた女性の記憶を追っての旅、「東の旅」は友人の住む仙台、祖先が農家だった東京の下町、阿部岩夫氏が住む鶴岡から黒川能を見に行った記憶を辿る旅である。この頃から、「身体の記憶と身体の奥に潜む記憶を辿って、日常性の深部を些細な事象と妄想を交えた虚構で語る詩」が多くなっていく。

第十五詩集『身立ち魂立ち』(昭和五十九年・書肆山田)には、あとがきが無く自序がある。そのなかで、「固体としてのわたしは、さまざまな関係の結節点の一つである」とし、「詩を書くことは、ことばでこの結節点を動かして行くことなのだ」と述べている。「線の話」という詩を読んでみよう。

線の話

線
線の両側を見るためには　わたしは
線が在る面から離れなくてはならない

線は面を切断している
切断線
線からある距離を持っているわたしは
切断線の中を
想像できる
中の想像は
既に内部を想定している

刃
刃物は切断することができる
面を切り裂く

皮膚の内部が
からだ　なのであろうか
「強いからだ」
の「強い」は
当然　内部にある
皮膚を切り裂く

（後略）

氏は線に取り憑かれている。となると全ての物の輪郭が全て線に見えてくるのである。身体であれ、線の集合体に見えてくるのである。線は正しく結節点の集合体として機能するのである。

第十六詩集『姉暴き』（昭和六十年・思潮社）は心の闇をより鮮明に活写した詩集だ。そこから「犯罪的なものが出て来る」と自己分析しているが、表題作「姉暴き」の一部を紹介しよう。

姉暴き

（前略）

母は死んだし、姉はいない
女はわたしのことばを肯定する
わたしがそういうのは無理もないと肯定する
だが、姉は姉だという
わたしは弟ではない
弟ではない
わたしが拒めば女は喜ぶ
弟であることの確証になると、女は喜ぶ
女はわたしの手を取った
包むように手は動いた
手を結んで　板の上
細い桟橋を縦になって歩いた
波の揺らめく　板の下
船底の下の海の中から

わたしの死体が呼んでいた
聞えない声は鋭い
（後略）

この詩篇には、母殺しや近親相姦を軸に性や暴力、そして犯罪的な描写がふんだんに描かれている。日本古来の抒情的な詩とは程遠い作品と言えよう。氏は最初から「抒情詩を疑いぬくことから出発」している。本来は「非常に抒情的な人間なのだと思っている」が「そこで詩を書いてしまったら、もうおしまいだ」とも思っているのである。氏の心の闇は、一体何処から生まれて来たのであろうか。子供のときに経験した戦争体験が基盤にあると考えるのは安易な発想であろうか。

第十七詩集『手と手をこするとあつくなる』（昭和六十一年・ひくまの出版）は、四歳から八歳までを対象とした絵本である。絵は飯野和好が担当している。タイトル詩を読んでみよう。

手と手をこするとあつくなる

手《て》と手《て》をこすると
あつくなる

せなかをこすると
あつくなる
ほっぺをこすると
あつくなる
みんなあつまって
うたったり、おどったり
ふざけたりして
こころとこころをこすると
なんだか、ぼうっとなる
そうだ、だから
マッチをこすると
ぼっと、火《ひ》がでるんだ
こころを　かたくして
ぶつけると、けんかになる
だから
かたい鉄《てつ》とかたい鉄《てつ》をぶつけると
火花《ひばな》がでるんだ

え、鈴木志郎康が絵本？　と驚く方が多いかもしれないが、幼い頃この絵本を読んでもらった読者も多いのではなかろうか。詩の内容もやっぱり身体詩人に相応しいお話なので、微笑ましく思ってしまう。

第十八詩集『虹飲み老』（昭和六十二年・書肆山田）は全部で十六篇と多少作品数が減少してくる。また、作風にも少し変化が見られ、ぼくがこよなく愛する氏の饒舌口語体が散見されるようになる。その中から一つ紹介してみよう。

夏の音

大風だね、晴れ渡っている
これじゃ、水の蒸発も大変なものだ
裸の人間たちが、水の中というより、風の中を泳いでいるよ

古池って、石器時代より前からある池よ　水草がびっしり
飛び込むってムーヴメントだから
生きてる蛙は瞬間の音になっちまったわけ

せみも鳴いてると音になるの
その音が岩に吸い込まれて消えて行く
岩が砕ける音ってのは雷みたいに響くぜ

渓流のくねる波の変化を眺めててね　そのまま
岩かげで眠っちゃったから、はっとして驚いて杉の木の間に
揺れてる草の葉に日が差していた、子供の声が遠くに聞えた

三行四連の定型詩だが、口語体で書かれているのでやわらかいイメージで読める。この変化にきっと芭蕉も驚いているに違いない。
第十九詩集『少女達の野』（平成元年・思潮社）には、日常の出来事が淡々と詩化されているのだが、氏の独特の詩法によって異次元の世界へと導かれてゆく。最後の詩篇「野ノ録録タル」を読んでみよう。

野ノ録録タル

（前略）

（いつだったか、幼い少女の心臓手術に、カメラを手にして立ち会ったことがあった。胸が切り開かれて現われた少女の心臓は、純粋な桃色の、丁度掌に乗るくらいの小さなきわどい生き物のように、またよく色づいて光っている桃の実そのもののように見えた。手術は長い時間かかって成功裡に終ったが、わたしはただ立ち会っただけなのに、命に直かに立ち会った気持で、へとへとに疲れたのだった。）

少女達よ
君達の心臓に共振したい
その桃色に染めてほしい
朝焼けの

（踊り続けてくれ）
ズーインネ　タンタンタン
ズーインネ　タンタンタン
ズーインネ　タンタンタン

ありがとう
ありがとう
ありがとう
少女達よ

踊り続けてほしい
西から
南から
北から
東から

タイトルの録録タルは、平凡なさまという意味である。日常という平凡な平野は多くの場合、何の変哲もないありきたりの世界なのである。正にそこに詩人の言葉が注がれることによって、熱い血潮が流れ心臓が力強い鼓動を再開するといってよい。詩人の仕事とは人工心臓ではなく、言葉によって血流を再開することだとも言えるのである。

第二十詩集『タセン（躱閃）』（平成二年・書肆山田）のあとがきには、「詩のリアリティは言語の形式性にある、そして、詩人はその形式性の中で自由な存在である」と書いてある。もしかしたらこの自由であることが、氏の最大の魅力であるのかもしれない。ちょっと変わった詩風の「夕暮れのちょん」は。

夕暮れのちょん

透明な
窓から離れて
色をなくして行く夕焼けに
この高い冬空を見たことを
やがて忘れてしまうだろう
きのうと同じような日だったし
何年も前の
忘れてしまった日に
いい天気で
まぎれもない空の下で
忘れてしまったことを
忘れたようにしていたのを

やはり忘れている
忘れたから
忘れたまま
そのわたしが
ここにいる

詩人鈴木志郎康のもう一つの顔が映像作家である。その最初の作品が昭和五十年に発表された『日没の印象』という個人映画であるが、この映画日記とも言える作品は、氏が敬愛するジョナス・メカスの影響を多分に受けていると思われる。最後のシーンがなかなか決まらずに苦労したようだが、偶然撮った窓からの綺麗な夕焼けシーンでようやく終わることができたのである。この詩は、そのシーンをまざまざと蘇らせてくれる。何の変哲もない日常に「わたし」という実存を画面を通して認識させてくれる作品ではなかろうか。

第二十一詩集『遠い人の声に振り向く』(平成四年・書肆山田)はかなり凝った装幀となっている。というのも若林奮氏の本物の銅版画(ビュラン)が装画として使われているからである。詩集は詩作品そのものだけではなく、その器を楽しむことも念頭に入れて造本されるから読者としては嬉しくなるのである。目次を見ると三十篇あるのだが、そのうち二十四篇のタイトルが二字の漢字で構成されているのも視覚的に装画と呼応しているようにも見える。その中から

「初紅」を読んでみよう。

初紅

あなたは鏡に向かい
その柔らかいくちびるに
はじめての口紅を塗る
背中に
春の日が差して
そこ、あなたのうしろに
透明な殻に包まれた球形の空洞が
大きな蕾のように生じている
鏡には映らない
あなたには見えない
青く澄んだ空洞には
幼い子供たちの声が響いているが
響く声の谺があなたを呼んでいるが

あなたには聞こえない
口紅を塗り終えて
あなたは
くちびるで赤い円を作り
次いで横に赤い裂け目を引き締める
そのくちびるの形で
声を出せば
「ア、イ」と響く筈だが
あなたはただ鏡に向かって
声をださない

比較的難解な詩が多い中で、この詩はとても分かり易い。まるで映画日記の一シーンのような映像的な詩篇である。白黒映画なのに口紅の色が何ともエロチックで、無声映画なのに「愛」と響いてくるから耳にも官能的な詩なのだ。

第二十二詩集『石の風』（平成八年・書肆山田）は、還暦を過ぎての初めての詩集となる。詩中にも「初老の男」という語彙が登場するようになり、この頃から肉体的老いを意識し始めているが、精神的には老いを全く感じさせないバリバリの前衛を貫いている。タイトル詩の一部を紹介する。

石の風

詩の言葉を求めて、
歩く。
その「ゆり」に惹かれて、
「新百合ヶ丘」で
あてずっぽうに下車した。
人々が私有して住む
家々の間を抜けて、
春の白い風が吹く中を、歩く。
窓を閉ざした家々には他人が住む。
家の中に見えない人たちは他人。
目線の遠くに犬を連れて散歩する人は他人。
夢を実現した家の飾りドアの中に消える人は他人。
彼らからすると、路上のわたしは他人。

誰の記憶にも留まることなく通り過ぎるわたしは他人。
他人のわたしは、
小綺麗な家の前に立ち、
欧米人風に、肩をそびやかして
「おお、このアメリカ風の趣味よ。
おお、このヨーロッパ風の趣味よ。
おお、堂々のトタン葺き和風モルタルよ。」
と、意識を言葉に置き換える。

（中略）

わたしは、肉体として、自分の「他人」を楽しむ。
家々を分かつ区画の道路のように
すっぱりと楽しむ。
「王禅寺ふるさと公園」と名付けられた公園に行き着いて、
雑木が生える小山に上った。
六十歳は、腰の痛みが重く、
ベンチに座り、白い、石のような風に吹かれて、
ホームレスの老人のように

仰向けに寝転がった。

（中略）

ダイヤモンドのように硬い言葉。
硬度を持つ言葉。
わたしは、それを求めて
身体を押し立てて、歩く。
春の強風が
わたしの白髪をかき混ぜ、
そびえ立つ送電線の鉄塔を唸らせる。
何か怪しい、
拡張していく電磁的想像空間の広がりに、
わたしという関係を断ち切った「他人」が、
一つの意識として、
点滅している。

「接眼レンズの孤独」という論考の中で、清水昶は鈴木氏の肉体観に触れ「自分の肉体を、あたかも他人の肉体のように眺める奇妙な感覚が鈴木さんにはある。」「現に生きている自分の肉体を、いつも不思議そうに眺めている。」と述べているが、主情を先行させないこの詩作法は、究極のリアリティを生み出していると言えないだろうか。

第二十三詩集『胡桃ポインタ』（平成十三年・書肆山田）の装幀はこれまた素晴らしい。海老塚耕一氏による手書きの彩色画が表紙と中扉に用いられているからである。全冊世界に一冊だけの詩集といってよい。この希少価値感は半端ではないのだ。あとがきに「詩を書く気分と意識が微妙に変わって来ているのを感じる。」とある。分類的には最後の第六期になる訳であるが、詩の内容はぼくにはかなり変わってきたように思える。と言うのはぼくが勝手に命名した饒舌口語体の詩篇がかなり多くなってきたからである。以前より読みやすい詩篇が多くなってきているし、何よりも「自分が生きているところが丸ごと」詩に表れているように感じるからである。この変化はどこから生まれてきたのであろうか。この頃熱中しだしたコンピュータの影響であろうか。そしてこの詩集で第三十二回高見順賞を受賞しているのもエポックメイキングなる詩集であると言える所以なのだ。それでは「ヒョッジー」と言う詩を読んでみよう。

ヒョッジー

えッ、
と問い返した彼女、

わたしの話を聞いてなかったんだ。
「ヒョッジー」と発音したので、
彼女は聞く耳を切り替えた、
ヒョッジー。
ヒョッジー。
ヒョッジー。
その薄情な耳にこの音声の実体をねじ込んでやれ。
その前の、彼女が聞いてなかった言葉たちは、
何処へいっちまった？
わたしの口から出たところで消えた言葉たち。
わたしは黙る。
ここに「隙間」ができてる。
隙間がめりめりと拡がっていく。

ヒョッジーってのはさ、
隙間に割り込んで、
関係を引き裂いて行くキャラクターの名前だ。

いま、わたしが発見したばかりの目に見えない活性体。
隙間を引き裂く剛腕のヒョッジー。
隙間に稲妻を走らせる磁力のヒョッジー。
そういうことを話していたのに、彼女は聞いてない、
そこに「隙間」ができた、ってわけ。
面白くないね。
俺が話してるその場で、ヒョッジーの登場となって、
俺たちの隙間をキキーッと引き裂いて行く。
自分が自分に魔法を掛けた魔法使いみたいに、
わたしは黙った。

カップルが歩いている
そこへ、ひょいっとヒョッジーが現れ
二つのシルエットの間に晩秋の真っ赤な夕日が落ちて行く
てなことになるわけ。
個体と個体の間には、もともと、どうやっても埋まらない隙間が
あるからなあ。

その隙間を活性化するのがヒョッジー。
二人の隙間に落ちる落日はいつも素敵さ、
夜になれば、季節はずれの雷雨。

ヒョッジーとは隙間に割り込んで関係を引き裂いて行くキャラクターだとあるが、ぼくにはどうしても詩人本人の姿とダブってしょうがない。二人の人間の間にはどうしても埋めることのできない「隙間」が存在する。身体の合体はいっときで、心の合体にも隙間はつきものなのである。その隙間を活性化するのが詩人の仕事なのかもしれない。

第二十四詩集『声の生地』（平成二十年・書肆山田）の装幀はこれまでの装幀とは一転し、クリーム色の無地となる。詩人の声の生地のきめ細かさを感じ取るにはむしろ理想的な環境であろうか。あとがきには、自分のこれまでの生き方を見つめ、「わたしは自分の身体や考え方の独自なところにこだわって生きてきた。いゃんなっちゃうこともあったが、それを受け入れて気を取り直して来た。」と述べ、詩に関しては「身体的には能力ということがつきまとうが、言葉は誰もがそれなりに使える能力を持っている。その能力を使うことで生きる自由を得られる。詩とはそういうものだと思うようになった。」と達観している。次の詩は、その生き方を実践した詩篇と言えよう。

極私的ラディカリズム

70年、生きてきちゃった。
もうあと10年、そこがいいとこかな。

で、極私的ラディカリズム
ってことを考えた。狭さに徹すること。

わたしという存在の根源は、子宮から引き出されて、
身体にあるっていうことですね。

わたしが自分の身体と付き合っている間は、
わたしでいられる。

毎日、体操もしてますけど、
肝心なのは、やはり言葉だ。
身体のカオスから出てくる言葉。

言葉で時間を刻む。単語の数が生きている時間だ。
言葉を使うってこと、善し悪しは考えない。
言うってことを続ける。または書くことを続ける。
小さなことを言う。また小さなことを書く。

身体が占める空間は、
小さい。小さくて十分。

その小さい大きさが、
いいなあ、っていう

気楽なラディカリズム、
極私的ラディカリズム。

最近はカボチャを煮てます。
牛蒡と一緒に。
とろりっとして、ごりざくっ。

これが気に入って、
時にはグリーンピースも入れる。

煮掛かったところで、
気を逸らして焦がしてしまったこと数回。

焦げ鍋の底を洗う。
がりがりと洗う。

がりがりの、
極私的ラディカリズム

手元、がりがりの、
極私的ラディカリズム

徹底的に個の主体性を全うして詩を書くことが、氏における「極私的ラディカリズム」なのである。この詩集で、第十六回萩原朔太郎賞を受賞したのであるが、前橋市の検察庁・保護観察所のビルのすぐ前に建てられた受賞者の詩碑には、この詩篇の初めの八行が刻まれている。
第二十五詩集『ペチャブル詩人』（平成二十五年・書肆山田）は、さらにペチャペチャと饒舌感が増してここにペチャブル詩人の誕生を見ることになる。その誕生の秘話をご紹介しよう。

蒟蒻のペチャブルル

コンニャクが
わたしの手から滑って、
台所のリノリュームの床に落ちた、
蒟蒻のペチャブルル。
ペチャブルル。
瞬間のごくごく小さな衝撃と振動。
ペチャブルル。
夕方のペチャブルル。
わたしが手を滑らせた、
スルリと落下、
手加減が狂って、

75センチ下の床に
コンニャクが落ちた。
ただそれだけのこと。

（中略）

晩秋の雨の夜の
わたしの脳内を巡る小さな衝撃と振動と筋肉のストーリー。
蒟蒻軟体を持つべき指の力の加減の無意識の衰退が問題。
攫んだコンニャクが手の中で揺れる、
オットットット、
そこで加減の衰退から生じた
ペチャブルル。
ペチャブルル。

実は、生きてるって、加減に次ぐ加減だよね。
加減が衝突を和らげる。

加減が振動を吸収する。
筋肉の集合体を支配する反射神経の反射速度が、
愛撫の優しさを生むってことさ。
加減が上手くできなかったなあ、
欲望の主体者として、
いつも力の入れ過ぎだった。
わたしこと、一個の詩人の人生。
いつも力の入れ過ぎさ。
そして、加減の衰退。

カボチャと煮た蒟蒻を食べれば、
箸触り、サクプリョン
歯触り、コリョロロン
なるほど、
それが、一個の詩人さんの結論ね。

これまでの鈴木志郎康は、バリバリの前衛詩人を無骨なまでに貫き通してきた。それが氏の矜持であり、生きる意味であったと言っても過言ではない。それが力の入れ過ぎであったことに気がつくのである。蒟蒻のペチャブルル。実は生きるって、この柔らかな加減が大事なんだなと気付くのである。志郎康詩は、プアプア詩から今まさに遥かな道のりを経てペチャブル詩へとたどり着いたのである。この詩集は第二十三回丸山豊記念現代詩賞を受賞することになるのだが、三詩集連続の受賞となるこの快挙は鈴木志郎康ファンにとってもこの上なく幸せなことなのである。

第二十六詩集『どんどん詩を書いちゃえで詩を書いた』(平成二十七年・書肆山田)は、さとう三千魚氏のBlog詩誌「浜風文庫」と白鳥信也氏の「モーアシビ」第三十号特別記念号に寄せた詩篇からなっている。詩人の悩みの詩を一篇。

問題は、あたしんちに送られて来る詩集に困っちゃってさ。

悩みと言えば悩みなんだ。
傲った悩みだ。
捨てちゃえば片が付くものを
捨てられないで悩んっじゃうんじゃ。

困っちゃうね、
困っちゃうね、
どんどん溜まっちゃう。
どんどん溜まってしまう。
なんとそれが新刊の詩集なんですよ。
あたしんちに宅配便と郵便で
どんどん、秋口から冬にかけて
三日と空けず、詩集が、
新刊の詩集が
見知らぬ詩人さんたちから送られてくる。
見知らぬ人の詩なんて読む気がないのにね。
視力も弱っちゃってるしさ。
今日は詩集は来なかったけど、
同人誌が来た。
積み上げられた詩集は、
今、卓上に三十三冊。
居間の床に積み上げられた

詩集の山が今や十五の山を超えていく。
困っちゃうね、
（中略）
実は、詩集を読みこなす力が
自分に無いのを棚に上げて、
プロブレムとか
何とか騒いだ末に、
送られて来た同人誌の
コピペ
コピペ
で、さよならですか。
詩人さん、
詩集が来なくなったら寂しいよ。
困っちゃうね。

贅沢な悩みと言ったら語弊があるかも知れないが、これは有名詩人の切実な悩みなのだ。石垣りんも送られてきた詩集を捨てることができず、本の中に埋もれるように暮らしていたという。いつ床が抜け落ちてしまうかとひやひやし通しではなかったのだろうか。一冊の詩集は軽くても纏まると意外に重いのである。驚異的な重圧となるのである。このことからも氏の几帳面さが半端ではないのがお分かりであろう。この詩集の発行日が満八十歳の誕生日と言うのに、どんどん詩を書いちゃえで詩を書く鈴木志郎康はさらにもっと半端じゃないのである。

第二十七詩集『化石詩人は御免だぜ、でも言葉は。』(平成二十八年・書肆山田)は、八十歳のほぼ一年間に書いた二十七篇からなっている。この旺盛な創作活動には心底脱帽してしまう。化石詩人は御免だと言いながら書きまくる、究極の「極私詩」をひとつ。

へえ、詩って自己中なのね、バカ詩人さん。

トロリン、
トロリン、
トロリン、
へッ。
ある男を、
その連れ合いが、
なじった。

ヘッ。
バカ詩人！
そっちじゃなくてこっちを持ってよ。
こっちのことを考えてね。
詩人でしょう、
あんた、
想像力を働かせなさい。
バカ詩人ね。
男は答えた。
仕方ねえんだ。
書かれた言葉はみんな自己中、
言葉を書く人みんな自己中、
詩人は言葉を追ってみんな自己中心。
自己中から出られない。
自己中だから面白い、
朔太郎なんか超自己中だ。
光太郎も超自己中だ。

えらーい、
有名詩人なんぞは、
みんな超自己中なんだぞ。
書かれた詩はみんな超自己中だ。
超自己中だからみんなが読むんだって。
何言ってるのよ。
それとこれとはちがうわよ。
バカ詩人、
バカ詩人、
バカ詩人。
へえ、
詩って超自己中を目指すのね、
バカ詩人さん。

ワッハッハッ、
ハ、
ハ、

ハ。
その男と、
連れ合いは、
揃って笑った。
トロリン、
ヘッ。

あとがきにもあるように、氏はこれまで「詩には自分のことばっかり書いてきたなぁ」と述懐しており、自分の詩を「極私詩」と言うのがふさわしいのではないかと自己分析している。それにしても「バカ詩人」と呼ばれても、笑って済ませるこの境地とは、やっぱり鈴木志郎康は並の詩人ではないのだ。

第二十八詩集『とがりんぼう、ウフフっちゃ。』は、三年連続の詩集発行となる。八十歳を過ぎてのこの量産は、本当に驚異的としか言いようがない。そしてこの「とがりんぼう」って、一体何なのだ。その答えは、

とがりんぼう、ウフフっちゃ

尖った
尖った
とがりんぼう、
ウフフ。
とがりんぼう、
ウフフっちゃ。
ウフフ。

春だなあ、
四月も半ば、
夕方の日差しがながーく、
キッチンの床に差し込んでるっちゃ。
こんな一日もあるっちゃ。
とがりんぼう、
ウフフ。

とがりんぼうっちゃ、

何ね。
俺っちの、
禿げてきた
頭のてっぺんてか。
ウフフ。
違う、違う、
違うっちゃ。

尖った、
尖った、
とがりんぼう。
ウフフ。
春の気分の、
とがりんぼう。
ウフフ、
ウフフ。

寝ても覚めても氏が追いかけ、捕まえようとする「とがりんぼう」とは一体何なんだろう。詩の芽のような物なんだろうか。「とがりんぼう」の尖った先で言葉を書くと、その瞬間火花が散ると言うから、益々もって解らない。「ウフフ」と楽しくなる世界には違いないのだが。しかし解らないながらもウキウキしてくるからまあいいかなと思ってしまう。

こうして鈴木志郎康の詩集を第一詩集から第二十八詩集までその詩的営為を辿ってみると、質、量ともにその築き上げた膨大な偉業にまずは感嘆せざるを得ない。ことばと肉体の蜜月は終り、その後に残された確実なもの（と思われるもの）は、わたしたちの肉体のみだったと述べたのは清水昶であるが、鈴木志郎康はその肉体にあくまでも拘り、終生身体詩を書き続け、未だにその筆力は少しも衰えることを知らない。しかも詩表現は「プアプア詩」から「ペチャブル詩」へと大きく変遷するものの、その前衛としての矜持にはいささかのブレも感じられないのだ。

寺山修司は鈴木志郎康の詩を指して、「思うことを思う詩」だと批評したと言われているが、この発言は清水哲男の「鈴木志郎康と言う詩人ほど、自己の存在、あるいは存在する自己というものを大切にしつづけた詩人は、めったにいない。」と言う人物評と根の部分では呼応しているようにぼくには思われる。つまり、氏は徹底的に自己を観察し表出することにより、人間そのものを根源的に解放しようとしたのではなかろうか。それは一種の自己愛から発生したものかもしれないが、そのために氏は極私的な詩をこれまで書き続けてきたのである。時には自己中心的だと誤解されるほどに惜しみなく自己を語り、あたかも自分の肉体を他人の肉体のように客観的に眺め、それを言葉に変換してきたのである。そしてそのために本来持っている抒情的側面を見事に遮蔽し、退屈な日常を意味の上で反転させ、新たな価値感を生み出したと言えるのである。

最近ぼくは、私性の文学こそ時代の風雪にも荒波にも耐え、最後まで生き残ってゆくのではないかとそう思えるようになってきた。「極私的」という言葉は志郎康氏が生み出した造語でもある。氏は徹底的に私に固執して詩を書き続けてきたといってよい。だからこそ鈴木志郎康の身体に拘り続けた極私詩は、これからも逞しくこの変わりゆく現世を生き抜いて行く文学となると、ぼくは確信しているのだ。

あとがき

これまで詩が好きで読んだり書いたりしてきたが、ぼくの詩人論はこの楽しさを他の人と共有できたらもっと楽しいだろうなという思いから書き始めたように思う。そういう訳で本書は基本的にはぼくの好きな詩人ばかりを採り上げることになってしまった。だからじっくりと時間をかけて楽しみながら書き進めることができたと思うし、欲を言えば詩を読むことの喜びがそのまま読者に伝わってくれれば本望なのである。

今回も前書と同様執筆順に十一人の詩人論を書きあげた。前半は主に「朔」に掲載させていただいたが、後半は圓子哲雄氏の体調の関係で書下ろしとなってしまった。氏の一日も早い復調を願うばかりである。また評論の呈示方法は、詩人の簡略な経歴と、詩作品は詩集を中心になるべく編年体で論じるようにし、転載した詩篇は紙面の許す限り省略せずに紹介するように努めた。

前書『詩人のポケット』は二〇一四年三月二日朝日新聞の「著者に会いたい」のコーナーで紹介されたが、その時インタビューにいらした記者の白石明彦氏が帰り際の車の中で、次は「ちょっと」ではなく、「もっと」私的な詩人論を読ませてくださいと言って帰って行かれた。本書がその期待に応えることができたかはちょっと疑問であるが、サブタイトルを「ちょっと私的な詩人論」から「すこし私的な詩人論」に格上げさせていただき、思いだけでも表現した心算である。

最後に、敬愛する井川博年氏に素敵な帯文を書いて頂き、心より感謝申し上げます。

令和二年　初空月

小笠原　眞

前著『詩人のポケット』で紹介した詩人

中村俊亮（なかむらしゅんすけ／一九三八〜一九八九）

「ぼくにとっての中村俊亮」

藤富保男（ふじとみやすお／一九二八〜）

「藤富詩という風景」

山之口貘（やまのくちばく／一九〇三〜一九六三）

「真理という奴が貘さんの詩に防腐剤を一つかみ投げ込んだのだ」

平田俊子（ひらたとしこ／一九五五〜）

「ぐいぐい引き込まれる平田俊子の劇場詩」

天野　忠（あまのただし／一九〇九〜一九九三）

「年齢を詩の中に刻んだ天野忠」

圓子哲雄（まるこてつお／一九三〇〜）
「圓子さんの詩の本質は人間愛にある」
田村隆一（たむらりゅういち／一九二三〜一九九八）
「田村隆一のかっこよさは半端じゃない」
泉谷　明（いずみやあきら／一九三八〜）
「泉谷明は日本を代表する路上派の詩人なのだ」
金子光晴（かねこみつはる／一八九五〜一九七五）
「実は金子光晴こそ恐るべきリアリズム詩人なのだ」
井川博年（いかわひろとし／一九四〇〜）
「凡そ詩らしくない詩それが井川博年の詩なのだ」
黒田三郎（くろださぶろう／一九一九〜一九八〇）
「愛と死を見つめた詩人黒田三郎」

初出一覧

「危ない綱渡りに挑み続ける中島悦子の世界」　二〇一四年三月「朔」一七七号
「常に死を覚悟した会田綱雄の詩」　二〇一四年十一月「朔」一七八号
「悪魔祓いの詩人粕谷栄市の願い」　二〇一五年八月「朔」一七九号
「花鳥風月よりも何よりも「人」を愛したソネット詩人小山正孝」　二〇一五年十一月「感泣亭秋報」十号
「イノセントで誠実な詩人小柳玲子」　「朔」一八〇号　未刊
「越境し、百年先を疾走し続けた詩人寺山修司」　書下ろし
「暮尾淳の詩の底流には深い哀しみが横たわっている」　書下ろし
「詩を愛し、旅を愛し、女性を愛し続けた詩人　諏訪優」　書下ろし
「金井雄二の詩の原石は平凡なる日常の中に在る」　書下ろし
「愛情と尊敬の念　それが詩人八木幹夫の基本理念だ」　書下ろし
「鈴木志郎康は人間存在の不可思議を身体詩を介して具現したのだ」　書下ろし

著者略歴

小笠原　眞（おがさわら・まこと）

1956年　青森県十和田市生まれ
1975年　青森県立八戸高等学校卒業
1982年　岩手医科大学医学部卒業

1979年　第33回岩手芸術祭文芸大会芸術祭賞受賞
1988年　第一詩集『一卵性双生児の九九』（点点洞）
2002年　第二詩集『あいうえお氏ノ徘徊』（ふらんす堂）にて第24回青森県詩人連盟賞受賞
2005年　第三詩集『48歳のソネット』（ふらんす堂）
2008年　第四詩集『極楽とんぼのバラード』（ふらんす堂）十和田市文化奨励賞受賞
2011年　第五詩集『初めての扁桃腺摘出術』（ふらんす堂）
2014年　ちょっと私的な詩人論『詩人のポケット』（ふらんす堂）にて第10回青森県文芸賞受賞　同書は3月2日朝日新聞の「著者に会いたい」のコーナーで紹介される
2017年　第六詩集『父の配慮』（ふらんす堂）
2020年　すこし私的な詩人論『続・詩人のポケット』（ふらんす堂）

「朔」同人、青森県詩人連盟副会長、日本現代詩人会会員

現住所　〒034-0091　青森県十和田市西十一番町22-11
E-mail　makoto91@seagreen.ocn.ne.jp

すこし私的な詩人論　続・詩人のポケット
二〇二〇年二月二八日　初版発行

著　者——小笠原　眞
発行人——山岡喜美子
発行所——ふらんす堂
〒182-0002　東京都調布市仙川町一—一五—三八—二F
電　話——〇三（三三二六）九〇六一　ＦＡＸ〇三（三三二六）六九一九
ホームページ　http://furansudo.com/　E-mail　info@furansudo.com
振　替——〇〇一七〇—一—一八四一七三
装　幀——君嶋真理子
印刷所——日本ハイコム㈱
製本所——㈱渋谷文泉閣
定　価——本体二三〇〇円＋税
ISBN978-4-7814-1254-2　C0095　¥2300E